꽃향기, 두엄 냄새 서로 섞인들

국립중앙도서관 출판시도서목록(CIP)

꽃향기, 두엄 냄새 서로 섞인들 : 길동무 셰르파의
고향, 피케를 걷다 / 김홍성 사진 · 글. — 파주 :
효형출판, 2009
p. ;   cm

ISBN   978-89-5872-087-4 03810 : ₩13,500

한국 현대 문학[韓國現代文學]
기행문[紀行文]

816.6-KDC4
895.765-DDC21   CIP2009003909

길동무 셰르파의 고향, 피케를 걷다

꽃향기 두엄 냄새 서로 섞인들

김홍성 글·사진

효형출판

가난을 아궁이의 불씨처럼
품고 사는 사람들

그해 12월의 쿰부 순례를 마친 우리는 루클라 공항의 비좁은 대합실에서 비행기를 기다리고 있었다. 이틀째 기다리고 있는 비행기는 구름이 걷혀야만 날아올 수 있는데, 골짜기를 메우며 부풀어오르던 구름은 마침내 솥뚜껑 같은 구름이 되어 축축한 비마저 뿌렸다. 결항이 확실해지자 나는 차라리 걷기를 고집했다. 일주일쯤 더 걸어서 지리로 내려가면 카트만두 가는 버스를 탈 수 있기 때문이었다. 그러나 아내는 달랐다. 자신도 그 길을 같이 걷고 싶은 마음은 굴뚝같지만, 다음으로 미루기를 원했다. 당시만 해도 왕의 군대와 반군들이 첨예하게 대치하고 있는 솔루쿰부와 라메챱 지역을 안전하게 통과한다는 보장이 없기 때문이었다. 하긴 루클라 공항조차 반군의 기습에 대비하여 삼엄한 경계를 펴고 있는 상황이었으니, 더 이상 고집 피우기가 뭣했다. 다음 날 우리는 카트만두에서 온 임시 헬리콥터에 편승하여 루클라를 빠져나올 수 있었는데, 그날의 헬리콥터는 우리가 걷고자 했던 길과 그

5

주변 풍광을 자세히 보여주려는 듯 낮게 떠서 날았다. 그때 내려다본 아름다운 풍광의 중심에 우뚝 솟아 설산을 우러르고 있는 산이 셀파들의 전설적인 영산靈山 '피케Pike'였다.

피케 언저리에는 아기자기한 산촌들이 점점이 흩어져 있고, 정감 있는 오솔길이 산등성이와 경작지 사이를 에돌아 울창한 숲 속으로 스며들고 있었다. 또한 은빛 강물이 검푸른 산줄기 사이에서 반짝이고 있었다. 우리가 오랫동안 꿈꾸던 순례의 대상지는 바로 그런 산촌이었다.

루클라로부터 에베레스트 베이스캠프에 이르는 지역의 마을들도 과거에는 그랬겠지만, 이제는 많이 변했다. 해마다 늘어나는 외국인 관광객을 수용하기 위한 롯지와 레스토랑이 우후죽순처럼 들어서다 보니 남체 바잘 같은 곳은 관광특구 같은 도회지를 이루었으며, 수지타산에만 집착하는 상술이 번창하기 시작했다. 우리는 그런 관광산업 현장의 실태를 조사하고 우리와 비교

분석하기 위해 그곳에 간 것이 아니었다. 또한 그런 현장을 장엄하고 기품 있는 설산의 어느 봉우리에 오르는 고행을 위해 간 것도 아니었다. 설산은 오래고 고된 훈련을 거쳐온 산악인들이 인간의 한계를 극복하기 위해 도전하는 곳이기에 우리 같은 여행자에게는 멀리서 바라보는 것만으로 족했다. 그러므로 우리는 우리가 잃어버린 것들을 누리고 사는 사람들과 그들의 마을을 만나기 위해서 갔다고 볼 수 있다.

가난할지언정 순정이 반짝이는 사람들, 손은 연장처럼 억세지만 마음은 여리고 순한 사람들이 이룬 마을과 주막집을 순례하고 싶었다. 또한 여러 마을 사람들이 모여드는 장날과, 객지에 나가 사는 식구들이 돌아오는 명절을 맞아 보고 싶었다. 낮에는 산길을 걷고, 밤이면 오래된 마을에서 가난을 아궁이의 불씨처럼 품고 사는 청빈한 집 부뚜막 곁에서 한솥밥을 먹는 식구가 되어 보고 싶었던 것이다.

루클라에서 헬리콥터로 철수한 이듬해인 2005년 3월에 아내와 나는 9년 가까운 네팔 생활을 반쯤 접고 귀농을 꿈꾸며 귀국했다. 그러나 아내는 흙을 일구기 시작한지 두 달 만에 간암 말기 판정을 받고, 14개월의 투병 끝에 세상을 떠났다. 네팔에 평화가 오기 직전인 2006년 7월이었다.

　이듬해 봄, 나는 혼자 네팔 땅을 밟았다. 카트만두는 2년 전 그대로였다. 우리의 식당 '소풍'도 그대로였고, 살림도 우리가 떠나면서 놔둔 그대로 있었다. 2005년 귀국 당시 우리는 겨울철 농한기마다 몇 달씩은 카트만두로 돌아와 살 생각이었다. 카트만두에 살면서 명상도 하고, 요가도 하고, 산책도 하고, 히말라야 산촌 순례도 계속할 생각이었다. 그래서 카트만두에 창업한 식당과 살림집을 다섯 명의 종업원들에게 고스란히 맡겨놓고 왔던 것이다.

　변한 것이 있다면 2년 전에는 게릴라전을 벌이던 마오이스트 공산당이 다른 정당들과 연합하여 왕을 몰아냈으며, 제헌의회 설립을 위한 총선을 눈앞에 두고 있다는 것, 네팔 경제가 침체의 늪에서 서서히 기지개를 켜고 있다는 것, 그리고 피케를 중심으로 한 라메찹이나 솔루쿰부 지역으로의 여행이 가능해졌다는 것 등이었다.

카트만두의 타멜 거리는 2년 전에 비해 오히려 활기를 띠고 있었다. 여전히 파업이나 데모가 일어나기는 했지만, 많은 외국인 여행자들이 입국하고 있었다. 인천과 카트만두 사이에 전세기를 띄운 대한항공은 매주 토요일마다 수백 명의 우리 동포들을 카트만두에 풀었다. 카트만두에서 관광객을 상대로 생업을 영위하는 우리 교민들은 이제 곧 인천, 카트만두 사이에 대한항공 직항이 생긴다는 소식을 접하고 환호하고 있었다.

대한항공 전세기로 카트만두에 내린 많은 동포들은 히말라야로 가고 있었다. 더러는 안나푸르나로, 더러는 랑탕으로, 더러는 에베레스트로 떠나고 있었다. 그중 에베레스트를 향해 떠나는 사람 대부분은 네팔 국내선 비행기를 타고 루클라로 향했다. 그리하여 쿰부 지역은 우리 동포들로 북적대고 있더라는 얘기도 들렸다. 나는 아내와의 추억이 너무나 생생하게 남아 있는 쿰부 지역에서 유난히 떠들썩한 동포들과 조우하고 싶지 않았다. 그럴 무렵, 불현듯 내 눈앞에 떠오른 산이 쿰부 남쪽의 피케였다. 아내와 함께 헬리콥터에서 내려다본 바로 그 산이었다.

피케 순례는 애당초 아내를 추모하기 위한 순례였는지도 모른다. 그 길은, 함께하기로 했으나 끝내 함께하지 못하는 회한이 불현듯 일어나는 길이었다. 우리가 공유했던 오래전 추억 속에 흐뭇하게 잠겨있다가 소스라치게 깨어나는 길이기도 했다. 그 길에서 만난 마을들은 우리가 그토록 그리워하던 마음의 고향이었다. 부뚜막에 둘러앉아 불을 피워 옥수수 죽을 쑤고 감자를 삶는 영혼의 혈육들이 거기 있었다.

그들과 함께 감자나 옥수수를 먹을 때마다 목이 메었다. 아내는 유난히도 감자와 옥수수를 좋아했기에……. 그러나 나는 씩씩하게 걸었다. 씩씩하게 걷고 크게 웃었다. 별들이 가득한 하늘과 눈보라 치는 하늘을 향해, 또한 설산을 누르는 시퍼런 하늘을 향해, 심호흡을 하며 가슴을 폈다.

봄

카트만두 – 지리 – 마리단다 – 시바라야 –
데우라리 – 반달 – 절쿠 – 부싱가 –
나미나라 – 킹쿠르딩 곰파 – 덜카르카 –
빠쁘레 – 마이다네 – 똘루 곰파 –
자프레바스 – 비따카르카 – 파부루 –
준베시 – 팡가르마 – 푹무체 – 람주라라 –
세테 – 겐자 – 반달 – 데우라리 –
토동 곰파 – 지리

가을

카트만두 – 지리 – 시바라야 – 데우라리 –
반달 – 절쿠 – 보우다고리 – 마일리 –
마일리가웅 – 박쿠레 – 뚜뚜레 – 따굴룽 –
불부레 – 피케 – 나울 – 자세반장 – 로딩 –
준베시 – 체왕 곰파 – 파부루 – 살레리 –
네레 – 솔루콜라 – 무레다라 – 시가네 –
자프레 – 마이다네 – 빠쁘레 – 리쿠콜라 –
껄쩝께 – 랍짜네 – 지레빠니 – 지리

카트만두에
내린 눈

정오 무렵, 카트만두 시내에 하얀 꽃잎 같은 눈이 펄펄 날렸다. 카트만두 사람들은 난생처음 본 것처럼 호들갑스럽게 눈을 반겼다. 이제 곧 혼자 눈 쌓인 산속으로 들어갈 나로서는 공감할 수 없는 별스러운 일이었다. 그러나 곧 이해할 수 있었다. 카트만두에 눈이 내리기는 실로 62년 만의 일이며, 그들은 그 눈을 신의 축복이라고 믿었다. 나는 눈을 맞으며 여행자 거리 타멜 뒷골목의 앙 도로지 셰르파를 찾아갔다. 그의 고향이 피케 기슭이며, 고향 사람들을 트레킹 가이드나 포터로 고용하고 있기 때문에 그에게 가면 피케에 관한 풍부하고 생생한 정보를 접할 수 있었다.

앙 도로지는 게스트하우스 '빌라 에베레스트'에서 주방장과 지배인을 거쳐 대표가 된 사람이다. 엄연한 네팔 사람이지만, 우리 한국인으로 착각하는 사람이 많다. 그를 잘 아는 사람도 가끔은 그런 착각을 할 정도다. 30년 가까이 한국인을 상대하면서 얼굴도 말씨도 우리 한국인과 같아져버린 데다 수많은 한국 산악인과 형님, 아우님으로 부르는 처지가 된 탓이다. 더욱이 그는 이화여자대학교 한국어학당 출신이며 한국에서 요리 학원도 다녔다. 내가 네팔에 처음 갔던 1991년부터 그의 도움을 받았는데, 특히 우리가 네팔에 체류했던 9년 동안 든든한 이웃이었다.

　　그 시절부터 앙 도로지에게 간간이 들은 바에 의하면 피케는 솔루쿰부와 오컬둥가 지방에서 카트만두로 통하는 관문이다. 해발고도 4000미터를 조금 웃도는 정상에 오르면, 네팔 서부에서 동부에 이르는 대산맥을 파노라마로 볼 수 있는 곳이기도 하다. 또한 피케로 이어진 사방 능선에는 오래된 곰파(티베트 불교 사원)들이 자리 잡고 있으며, 곰파 밑에는 역시 오래된 산촌들이 흩어져 있다고 했다. 앙 도로지의 고향인 빠쁘레 역시 바로 그런 산촌 가운데 하나고, 그곳의 한 곰파는 앙 도로지가 출가하여 승려 생활을 한 곳이기도 하다.

앙 도로지는 카트만두로 나온 이후에도 일 년에 한두 번은 고향에 다녀오는데, 예나 지금이나 크게 변한 것이 없다고 했다. 봄이면 피케 분지 주변에 네팔의 나라꽃 랄리구라스가 지천으로 피어나고, 여름에는 야크를 방목하면서 야크 치즈를 만들고, 불단佛壇에 피워올리는 향의 일종인 둡을 무진장으로 딴다고 했다. 그러나 그곳을 찾는 외국인 여행자는 극소수라고 했다. 그래서 그들을 위한 롯지나 식당은 전혀 없고, 현지인을 위한 주막집이 간간이 있을 뿐이라고 했다. 이른바 세계 최고봉 에베레스트 기슭인 쿰부 지역이 관광 특구로 상업화되면서 갈수록 은근한 거부감을 느껴온 나로서는 앙 도로지의 고향 피케 이야기를 들을 때마다 솔깃하지 않을 수 없었다.

마침내 그날, 그러니까 카트만두에 62년 만에 축복의 눈이 내린 날, 드디어 피케 순례를 결심한 나에게 앙 도로지가 말했다. '올해는 피케 정상 부근 고원 지대에 눈이 유난히 많이 와서 식량과 야영 장비 없이 혼자 접근하기는 무리다. 눈이 다 녹은 4월 초순에 한 명의 포터라도 데리고 가는 것이 무난하다'라고. 그러나 나는 어머니가 팔순을 맞는 3월 중순 전에는 귀국해야 했으므로 4월까지 기다릴 수 없었다. 결국 2월 23일에 포터 한 명만 데리고 출발하여 피케 정상에는 오르지 못하더라도 피케 주변을 시계 반대 방향으로 한 바퀴 돌아보기로 결정했다. 눈이 더 이상 오지 않고, 기왕에 온 눈이 어느 정도 녹는다면 피케 정상에 올라 대산맥의 파노라마를 보겠다는 기대를 아주 놓지 않은 것은 물론이다.

앙 도로지는 자신의 조카인 충누리 셰르파를 내게 소개해주면서 피케를 에워싼 주변 마을을 한 바퀴 도는 14일짜리 일정표도 짜주었다. 그 일정표에는 우선 피케 남쪽으로 내려가 그들의 고향인 빠쁘레 마을에서 이틀을 묵는 일정도 들어있었다. 피케 남쪽 지방을 먼저 순례하는 이유는 피케 북쪽 고개에 쌓인 눈이 녹을 때까지 시간을 벌자는 것이기도 했다.

길동무
총누리 셰르파

피케 첫 순례의 길동무였던 총누리 셰르파는 스물셋의 건장한 청년이었다. 고향 빠쁘레에서 초등학교 4학년까지 다닌 후 집안의 농사를 거들다가 사미승이었던 동생과 함께 카트만두에 나와 보우다에 머물며 칸첸중가, 마나슬루, 르왈링, 에베레스트, 안나푸르나, 랑탕 트레킹의 포터로 일했다. 최근까지는 승려였던 그의 동생도 이제는 트레킹 포터로 일하기 시작했다. 총누리는 트레킹 시즌이 아닌 지난 겨울 동안 고향에 가있다가 한 달 전에 카트만두로 돌아와 트레킹 일거리를 찾고 있었다.

나는 총누리를 길동무, 즉 '사티'로 수용하는 것이 훨씬 깊고 풍성한 순례가 될 것이라 생각했다. 총누리는 나를 그의 고향으로 안내해주며 내 짐도 대신 짊어져주었기에 순례 중에 일어나는 사소한 불만은 되도록 감수하고 표현하지 않기로 작정했다. 그는 지난 4년 동안 이른바 포터로서 짐 지는 일만 했기에 가이드는 서툴었다. 또한 자기 마을과 동향 사람에 대한 애착은 지나치리만큼 강한 반면, 낯선 사람이나 고장은 되도록 기피하려는 경향이 두드러졌다.

만일 내가 총누리를 단순히 가이드 또는 포터로 고용했다는 생각으로 함께 여행했다면 짜증나는 일이 많았을 것이다. 또한 이래라 저래라, 이러지 마라 저러지 마라, 이건 싫고 저건 좋다는 등 잔소리도 많이 했을 터. 그러나 그 지역은 나로서는 처음 경험하는 곳이고, 그를 순례의 길동무로 생각했기에 그가 이끄는 대로 따랐다. 그가 먹자는 걸 먹고, 그가 자자는 데서 잤으며, 그가 멈추자는 데서 멈췄다. 한동안은 그게 편했다. 그러나 순례를 마칠 즈음에 이르러서는 내가 잔소리를 쏟아내곤 하여 그가 얼굴을 붉히기도 했다. 하지만 순례를 끝내고 작별할 때는 밝게 웃으며 서로의 손을 잡았다.

나는 총누리와의 순례를 통해 '가이드' 혹은 '포터'로 불리는 당사자들이 여행자의 '사티'였으면 한다는 사실을 알았다. '포터'라든지 '가이드'라는 영어식 표현은 고용주 입장에서 피고용인을 직능으로 분류한 용어지만, '사티'라는 네팔말의 의미는 '동료·동반자·친구' 등인데, 때로는 배우자를 일컫기도 한다는 걸 알게 되었다.

히말라야 산촌의 이른 아침은
길을 걷는 자들의 하루에 새로운 활력을 채워준다.
따스하고 부드러운 햇살과 싱그러운 바람은
바로 아침의 얼굴이며 숨결이다.

셰르파 호텔이라
부르는 주막집

셰르파 호텔이란 솔루쿰부의 주민인 셰르파들이 나그넷길에 들르는 일종의 여인숙을 말한다. 셰르파 나그네들은 여기서 차를 마시고, 밥을 먹고, 창(막걸리)이나 락시(소주)를 마시며 노닥거리고, 마침내 드르렁드르렁 코를 골며 잠든다. 옛날 우리나라 나그네들의 주막집도 바로 이런 집이었을 것이다. 카트만두에서 10시간 가까운 버스 여행 끝에 도착한 지리에서 총누리가 안내한 셰르파 호텔, 즉 주막집에는 네팔 문자로 '타파팅'이라고 쓴 작은 간판이 붙어있었다. 이 허름한 셰르파 호텔은 총누리의 고향인 빠쁘레에서 오래전에 이주한 일가족이 운영했다.

지리의 중앙통에는 카트만두에서 오는 의류나 잡화, 플라스틱 공산품을 진열한 상가들이 줄지어있었다. 또 그 상가 앞에는 고추나 마늘 등 농산물을 파는 초라한 노점상이나 구두 수선공의 좌판 등이 있었고, 여행객을 끌어들이기 위한 호객꾼도 여럿 있었다. 그중 체르둥 롯지를 운영한다고 자신을 소개한 토박이 사내는 그 버스의 유일한 여행객인 나에게 체르둥 롯지에 묵기를 청했다. 체르둥 롯지에서는 태양열로 따끈하게 데운 물로 샤워할 수 있다는 이야기가 솔깃했지만, 롯지의 선택은 일단 총누리에게 맡겨보기로 했다.

아니나 다를까, 총누리는 체르둥 롯지의 사내를 따돌리고 허름하기 짝이 없는 타파팅으로 갔다. 타파팅에 총누리의 고향인 빠쁘레 사람들이 주로 모이기 때문이었다. 주인도, 나그네도 모두 빠쁘레 사람이어서 안심하고 노닥거릴 수 있을 뿐만 아니라 음식도 총누리의 입에 맞았던 것이다.

타파팅의 음식은 내 입맛에도 맞았다. 쌀밥과 녹두죽, 싹(배추 종류의 흔한 푸성귀)과 감자를 함께 볶은 떨꺼리(반찬의 총칭)는 정성이 깃든 것이어서 그만하면 흡족했다. 그리고 무엇보다도 그 집 여자들이 빚은 창과 락시에 토속적인 향취가 진하게 배어있어 좋았다.

주막집 타파팅에서 하룻밤 묵어가는 청년들 가운데 서넛은 네팔 제헌의회 의원을 선출하는 총선거의 투표권을 얻기 위해 고향

으로 주민등록을 내러 가는 길이었다. 앙 도로지의 고향 친구라는 한 중년 사내 나왕 초상 셰르파도 타파팅에서 만났다. 그는 우리와 같은 버스로 여러 가지 물건을 사오는 길이었는데, 물건 중에는 텔레비전 위성 안테나와 수력발전기의 부속품도 있었다. 전에는 트레킹 가이드 생활을 했으나, 지금은 고향에서 농사를 짓는다는 그에게 총누리는 깊은 존경심을 가지고 있는 듯 유달리 깍듯이 대했다.

카트만두에서 타고 왔던 버스에는 내가 아는 사람도 한 명 있었다. 그는 내가 카트만두에 개업한 식당 '소풍'의 주방장인 앙 마야 셰르파의 동생이 교장으로 있는 푹무체의 히말라야 부디스트 스쿨 교사인데, 볼일이 있어 카트만두에 나올 때마다 소풍에 들러 앙 마야의 친정 소식을 전하곤 했다. 그런데 그는 셰르파가 아니라 체뜨리였다. 인도·아리안 혈통의 코가 큰 체뜨리들은 네팔 사회의 지배 계급이어서 몽골리언 혈통의 셰르파, 특히 총누리 같은 산골 촌사람에게는 안심할 수 없는 상대였다. 그래서 그런지 총누리는 그가 나를 엉클이라 부르며 살갑게 구는 것을 마뜩치 않게 생각하고 은근히 차단했기에, 지리에 도착하여 버스 지붕에서 짐을 내리는 북새통에 인사도 못한 채 헤어졌다.

풍만한 가슴을 강조한 인도 여배우들 사진이 벽에 붙어있는 주막집 타파팅의 칸델라 불빛 아래서 빠쁘레 셰르파들의 술잔이 거듭거듭 비워지면서 밤이 깊어가고 있었다. 그들은 셰르파말로 대화하고 있었기에 그 내용을 알 수는 없었지만 대화를 이끄는 사람은 나왕 초상 셰르파였다. 그는 연장자로서의 경험담, 무용담, 덕담 그리고 네팔 정치 현안에 관한 자신의 견해 등을 피력하는 것 같았는데, 젊은이들은 그의 말을 진지하게 경청하면서 간혹 일제히 웃음을 터뜨리기도 했다.

그 자리에 있던 셰르파들은 이방인인 나에게 최대한의 예의를 지켜주었다. 흔히 있을 법한 호기심 어린 질문도 삼가고 있었다. 다만 내 잔의 술이 비면, 더 마시라고 권하는 정도였다. 그렇게 비운 술이 어느 정도 오를 무렵 나는 밖에 나가 잠시 찬바람을 쐬고 돌아왔다. 밖은 어느새 캄캄해져있었고 휑뎅그렁해진 거리에는 통행하는 차는 물론 사람도 보이지 않았다. 내가 돌아오자 타파팅의 안주인은 기다렸다는 듯 도로변으로 통하는 문을 닫아걸었다.

2층에 마련된 숙소로 가기 위해서는 부엌에 있는 나무 계단을 올라야 했다. 나무 침대 세 개가 있고, 그중 하나는 엉성한 솜이불과 베개들이 쌓여있는 침침한 방이었다. 변소는 부엌 뒷문 밖에 있기 때문에 밤중에 소변을 보려면 나무 계단을 내려와야 했다. 술에 취해 곯아떨어진 사람들이 드르렁드르렁 코를 고는 침대맡을 지나서 소변보러 가는 길은 여간 조심스럽지 않았다.

이날 총누리는 다른 방에서 잤다. 방에 침대가 세 개나 있으니 같이 자자고 했으나, 총누리는 나에게 방해가 될 거라며 사양했다. 뒷날, 방 사정에 따라 같이 자면서 알았지만 총누리는 이를 심하게 갈았다. 그런데 총누리는 내가 코를 심하게 곤다고 했다. 이전에는 술에 취해서 자도 코를 골지 않았다. 쉰 살 이후부터 가끔

코를 곤다는 것은 알았지만, 옆 사람 수면을 방해할 정도로 심하게 코를 고는지는 몰랐다.

허름한 주막집에서 잘 때는 침낭에 들어가기 전에 꼭 해야 할 일이 있다. 사람의 피를 빠는 벌레들이 가까이 오지 못하도록 몸과 몸을 감싼 침낭 입구에 산초를 바르는 일이다. 산초는 네팔의 유명한 허브 식물에서 추출한 물약으로 엄지손가락보다 조금 큰 유리병에 담긴 제품이다. 이 약은 카트만두의 약국은 물론 솔루쿰부의 구멍가게에서도 간혹 구할 수 있으며 값도 싸다.

네팔 사람들에게 산초는 만병통치약으로 쓰인다. 두통이나 기침이 날 때는 물론 배탈이 났을 때도 머리나 목, 배에 바른다. 냄새도 신선하고 좋았다. 그런데 벌레는 이 산초 냄새를 아주 싫어한다. 이 약을 머리, 목, 손, 발, 겨드랑이, 사타구니 등 온몸에 바르고 잤기에 순례 도중 벌레 때문에 애먹은 일은 거의 없었다. 순례 마지막 날, 너무 취해서 약 바르는 걸 잊어버려 대여섯 군데를 물리기는 했지만.

밤길 걷는
취객들

새벽 6시에 요란한 경적 소리가 들렸다. 지리에서 카트만두로 가는 첫 버스의 출발 신호였다. 창밖은 아직 깜깜했다. 그러나 오래지 않아 어둠이 서서히 걷히기 시작했다. 침낭에서 빠져나와 여장을 차린 후 아래층에 내려가니 안주인이 머그 컵 가득 차를 내왔다. 티베탄 계열의 히말라야 원주민들이 즐겨마시는 버터 티였다. 차 끓인 물에 버터를 녹이고, 곡물 가루와 소금으로 가미한 버터 티를 셰르파는 '소찌아'라고 부르는데, 술 좋아하는 사람 해장으로도 그만이다.

안주인은 거푸 두 잔의 소찌아를 권한 뒤, 옥수수로 빚은 막걸리도 한 사발 내놨다. 길양식으로는 사실 막걸리만큼 좋은 음식도 없기에 해장 삼아 한 사발 주욱 들이켰더니 또 한 사발을 채워주었다. 하룻밤 묵어가는 나그네와의 인연을 중시하여 예를 차리는 성의를 무시할 수는 없는 노릇이라 다시 한 사발을 들이켰더니 뱃속이 찌르르했다.

셰르파를 비롯한 네팔 사람들의 일반적인 식사는 아침과 저녁 하루 두 끼인데, 아침은 11시경에 먹고 저녁은 9시 이후에 먹는 게 보통이다. 아침밥은 눈 뜨자마자 마시는 차(밀크 티 또는 버터 티)

로 대신하고, 점심과 저녁 사이에도 차를 마신다. 총누리를 비롯한 거의 모든 셰르파의 식사 습관이 이렇기에 우리는 일찌감치 일어나서 차를 마신 후 다음 목적지를 향해 걷는 도중에 아침을 먹었다. 라면이나 뚝바(국수) 혹은 감자나 삶은 달걀 같은 가벼운 음식이 대부분이었다.

이날 우리는 7시에 길을 떠났다. 같이 묵었던 나그네들 가운데 일부는 앞서 카트만두로 떠났고, 일부는 우리와 앞서거니 뒤서거니 하면서 같은 길을 걸었다. 그중 자연스럽게 길동무가 된 사람이 총누리가 존경하는 나왕 초상 셰르파다.

이른 아침 지리에서 마리단다(해발고도 2400미터)로 오르는 비탈길은 우리나라 야산의 약수터 가는 길 같았다. 중도에 있는 아주 가난한 마을 치뜨레의 찻집에서 삶은 달걀과 감자볶음과 듯찌아(밀크 티)를 먹었는데, 달걀은 하루 전에 삶은 것 같았고, 감자는 너무 짜서 다 못 먹었다. 안주인은 안 보이고 피곤한 얼굴의 영감 혼자 지키는 찻집이었다.

마리단다는 건너편 데우라리 능선 너머로 피케가 조망되는 곳이라는데 짙은 구름으로 데우라리 능선조차 보이지 않았다. 그러나 북쪽의 빤쓰 포카리 히말은 제대로 보였다. '빤쓰 포카리 히말'이란 다섯(빤쓰) 연못(포카리)이 있는 설산(히말)이라는 뜻이다. 빤쓰 포카리 히말은 카트만두 시내에서 북쪽 시바뿌리 너머로 보이는 고사인쿤드와 흡사한 자태의 산이다.

마리단다부터는 내리막길이다. 비교적 넓은 경작지와 상점, 롯지가 있는 마리 마을을 지나 킴티 콜라 계곡 쪽으로 내려서니 랄리구라스가 탐스럽게 피어있는 개울가에서 빨래하는 아낙들이 보였다. 시바라야로 건너가는 쇠줄다리 저쪽에서는 자기 몸통보다 더 커다란 빨래 보퉁이를 안은 소녀가 뒤뚱거리며 건너오고 있었다. 여름철이 되면 아이들은 그 개울에서 멱을 감을 것이다.

우리가 점심을 먹으러 들어간 식당에는 한 쌍의 제비가 분주히 드나들며 천장 모서리에 둥지를 트는 중이었다. 오래 전 추억을 더듬게 하는 이런 저런 풍경들로 시바라야는 옛 고향으로 가는 길목처럼 느껴졌다.

지리에서 쿰부로 향하는 그룹 트레커들은 보통 시바라야에서 묵는다고 했다. 그룹 트레커는 짐도, 인원도 많아 우리처럼 아침

일찍 출발할 수도 없을 뿐더러, 첫날부터 무리하게 걸을 필요가 없기 때문이라고 했다. 나도 시바라야가 마음에 들어 하루 묵어갔으면 싶었는데, 두어 시간만 더 가면 도착하는 데우라리(해발고도 2705미터)에 그럴듯한 투어리스트 롯지도 많고 거기서는 피케 영봉이 멋지게 보인다고 하여 다시 배낭을 메고 경사가 급한 길을 걸었다. 데우라리는 고산병을 걱정할 만한 고도도 아니어서 급한 오르막 끝에 있는 상바단다의 주막에서 막걸리로 기운을 보충했다.

데우라리 고개에 올라보니 피케는 구름에 잠겨있었다. 바람이 불었고, 구름도 이내 벗겨질 것 같지 않았다. 이런 날씨라면 차라리 반달로 내려가서 자는 것이 좋겠다는 생각이 들었다. 데우라리에서 빤히 내려다보이는 반달까지는 내리막길로 한 시간 정도면 충분히 도착할 수 있을 것 같았다. 이럴까 저럴까 망설이는데, 나왕 초상 셰르파가 우선 목부터 축이고 보자며 주막집으로 이끌었다. 나왕보다 나이 들어 보이는 주막집 주인은 나왕과 절친한 사이로 보였다. 알고 보니 이 주막집 주인 역시 충누리나 나왕 초상 셰르파처럼 빠쁘레 쪽 오컬둥가 사람이었다.

주막집 주인에 의하면, 지난해 12월 어느 눈 오는 날에 한 한국인 여행자가 커다란 돌멩이를 안고 들어와 그것을 난로에다 구워줄 수 있냐고 물었단다. 무슨 영문인지 몰라서 왜 그러냐고 했더니 뜨겁게 달군 돌멩이를 수건에 싸서 침낭 발밑에 넣고 자면 덜 춥다고 답한 그는, 만일 돌멩이를 구워주면 여기서 자고, 안 구워주면 다른 집으로 가겠다고 했다. 주막집 주인은 돌멩이를 굽기 위해 새삼스럽게 난로를 때기는 곤란하다고 했고, 한국인은 두말 없이 다른 롯지를 찾아나갔다. 주막집 주인은 그 커다란 돌맹이를 안고 다니던 한국인이 그날 밤 어디서 잤는지 궁금하다며 껄껄 웃었다.

나왕 초상 셰르파는 술을 엄청 좋아하는 친구였다. 한 잔 더, 한 잔 더, 하면서 그 독한 옥수수 락시를 맥주잔으로 석 잔이나 마셨다. 술을 별로 좋아하지 않는 총누리도 기어이 한 잔 마시게 했다. 그러는 동안 피케 영봉을 가린 구름은 더욱 두껍게 엉겨붙고 있었다. 그런 날씨라면 구태여 데우라리에서 묵을 필요가 없다고 생각했는데 그것은 섣부른 판단이었다. 그 고장은 보통 오후부터 구름이 끼기 시작하며, 자정 무렵부터 구름이 흩어져서 새벽에는 구름이 말끔하게 걷힌다는 사실을 몰랐던 것이다.

어쨌든 우리는 술이 얼큰한 상태에서 데우라리를 떠났고, 한 시간 후인 4시 30분에 반달의 어느 멋진 롯지에 도착했다. 반달 마을의 해발고도는 2200미터, 드넓은 경작지가 있는 산속 분지 마을이다. 카트만두에서 뻗어온 도로는 지리를 거쳐 이 마을까지 이어져있었다. 그러나 지리부터는 도로 상태가 나빠서 지프나 트랙터만 들어올 수 있다고 했다.

종일 걷느라 지친 나는 그 롯지에서 쉬어야 했지만, 나왕은 그 날 중에 반드시 절쿠까지 가야 한다고 했다. 그와 작별할 때가 온 것이었다. 그러나 작별에 임한 술꾼들이 어찌 그냥 헤어지는가. 롯지에서 다시 몇 순배에 걸쳐 작별주를 마셨는데, 문제는 거기서

비롯되었다. 술기운이 돌자 친구 따라 강남 가는 식으로 나왕을 따라나선 것이다. 도중에 배가 고파서 어느 체뜨리의 가게에 들어가 달걀을 삶아먹고 나오니 어느새 캄캄했다.

우리의 일정은 도보 이틀째에 절쿠에 도착하는 것이었는데, 이틀 일정을 하루에 걸어버린 셈이었다. 절쿠 도착 시간은 7시 30분. 첫날부터 12시간을 길에서 보냈던 것인데, 해가 짧은 산중이라 6시가 좀 지나서부터는 캄캄한 밤길을 걸어야 했다. 경사가 심한 비탈길과 한 발만 헛디뎌도 벼랑 아래로 떨어지는 위험한 길을 술에 취한 채 볼펜처럼 생긴 중국제 손전등 불빛에 의지하여 더듬더듬 내려와 출렁다리를 건넜다. 천지신명이 굽어살피셨기에 망정이지 정말 무모한 짓이었다.

부싱가 민가에서의
점심

밤에 도착한 절쿠의 셰르파 호텔은 전깃불이 환했다. 뿐만 아니라 텔레비전으로 인도 영화를 보고 있었다. 위성 안테나로 전파를 잡는 컬러 텔레비전이었다. 집주인에 의하면 전등과 텔레비전에 필요한 전기는 3킬로와트짜리 소형 수력발전기에서 나오며, 삼 년 전

에 카트만두에서 큰돈을 주고 구입했다고 했다. 산중에서 현지인을 상대로 주막집을 하는 사람으로서는 적지 않은 액수였다.

함께 온 나왕 초상 셰르파가 카트만두에서 운반한 짐 중에는 이 집의 위성 안테나와 발전기에 쓰는 부속품도 들어있었다. 나왕 초상 셰르파가 데우라리나 반달에서 멈추지 않고, 이곳 절쿠까지 기를 쓰고 온 것은 그 물건을 전달하기 위함이었다.

이 셰르파 호텔의 구조는 많은 손님을 치르기 편하게 되어있었다. 일종의 합숙 시스템인데, 두 줄로 배치한 여남은 개의 침상이 실내의 반을 차지하고 있었고, 나머지 반이 부엌 겸 식당이었다. 취사를 위한 부뚜막을 입식立式으로 설치하여 서서 일할 수 있게 했다. 또한 아궁이에 때는 장작의 열효율을 50퍼센트나 높여준다는 전기 송풍기도 사용하고 있었다.

셰르파 호텔의 주인집 식구와 객들은 밤늦도록 텔레비전에 넋을 잃고 있었지만, 나는 밥을 먹자마자 텔레비전에서 가장 먼 침상에 누웠다. 베개와 이불 등 침구가 비교적 깨끗했지만, 만일에 대비하여 몸에 산초를 바르고 내 침낭을 사용했다.

절쿠에서 맞은 순례 3일째 새벽은 몹시 소란스러웠다. 밖에서 남정네들이 문을 열라고 소리 지르며 문짝을 두드렸다. 자다가 깬 나는 무슨 일인지 몰라 아연 긴장했다. 잠시 후, 총누리에게 들은 바에 의하면 지난밤에 이웃 마을 어느 집에 도둑이 들어 많은 돈을 훔쳐갔다는 것이었다. 이곳 셰르파 호텔 주인과 나왕 초상 셰르파는 그 도둑 쫓는 사람들에게 차를 대접하며 그 집에 묵는 객들의 알리바이를 입증하는 듯했다. 그 집에 묵는 외지의 객들은 우리 일행 말고 나왕 초상 셰르파의 동네 사람이라는 사내 두엇과 셰르파 전통 복장을 한 고부간 밖에 없었다. 곱게 늙은 시어머니와 젊은 며느리는 이웃 마을의 결혼식에 가는 중이라고 했고, 사내 두엇은 나왕 초상 셰르파와 함께 고향으로 가는 길이라고 했다.

도둑 쫓는 사람들은 우리가 어젯밤에 건너온 출렁다리 쪽으로 내려가고, 나왕 초상 셰르파는 갈 길이 멀다며 새로 생긴 길동무와 앞서 출발했다. 총누리와 나는 뚝바를 한 사발씩 먹은 후 그들의 뒤를 따랐다. 평탄한 길이 산굽이를 에돌며 구불구불 나있었다. 새벽하늘에 붉은 노을이 비꼈기에 날이 흐리거나 비가 올 줄 알았는데 하늘은 맑았다.

리쿠콜라 계곡 건너편으로 어제 우리가 넘어온 고개 데우라리가 보였다. 만일 어제 데우라리에서 잤다면 피케 영봉을 잘 볼 수 있었을 텐데 하는 생각이 들었다. 귀로에는 반드시 데우라리에서 자고, 피케 영봉의 자태를 충분히 감상한 후에 떠나자고 총누리에게 말했다.

총누리는 어제의 일, 즉 술을 마시고 밤중에 걷게 한 일에 대해서 미안하다고 말했다. '미안하긴, 내가 선택한 일인데 네가 미안할 것은 없다'고 했더니, 자기가 술을 안 마셨더라면 내가 좀 더 현명한 판단을 하도록 도울 수 있었다고 했다. 총누리의 말은 옳았다. 술 취해서 걸을 때는 몰랐는데, 깨고 나니 다리가 많이 아팠다. 첫날부터 너무 오래 걸었기 때문이다. 또한 술을 많이 마셔서 뱃속이 영 거북했다. 절쿠 셰르파 호텔에서 이미 뒤를 보았는데도 또 뒤가 마려워서 길가 산비탈에 쭈그리고 앉아야 했다.

10시 30분, 리쿠 눕 빙하로부터 흘러오는 리쿠콜라의 출렁다리를 건너 부싱가 마을 비탈을 오르다 보니 배가 출출했다. 이심전심인가, 앞서가던 총누리도 배를 만지며 뭐 좀 먹고 가자는 신호를 보냈다. 나에게는 점심 먹을 시간이 가까워 오는 것이지만 총누리에게는 아침 먹을 시간이 가깝다는 생각을 하며 걷는데, 앞서간 총누리가 어느 농가 앞에 서서 싱긋이 웃으며 손을 흔들었다.

마을의 다른 농가들처럼 그 집도 3층집이었다. 비좁고 컴컴한 계단을 밟고 3층으로 올랐다. 1층은 축사 겸 창고, 2층은 기도실 겸 침실이었으며 3층은 부엌 겸 거실이었다. 앉은뱅이 식탁이 길게 마련된 거실에는 앞서갔던 나왕과 초상 셰르파 일행이 앉아 해장술을 마시고 있었다. 물어보지 않아도 총누리와 나왕은 여기서 다시 만나기로 했거나, 만나게 될 것을 알고 있었다.

이미 막걸리를 몇 순배 돌렸을 텐데 나왕 일행은 나를 보자 새 술을 청했다. 밥을 준비하던 셰르파 아낙네 둘 중 한 명이 방구석의 플라스틱 막걸리 통에서 누룩으로 발효시킨 옥수수 술밥을 주걱으로 퍼내어 통발에 담더니, 통발 밑에 동이를 받쳐놓고 술밥을 두 손으로 꽉꽉 주물러 막걸리를 짜냈다. 농익어 시큼한 막걸리 냄새가 후각을 흐뭇하게 자극했다. 조금이라도 마셔야만 후회가 없을 거라는 생각이 들었다.

붉은 흙으로 만든 부뚜막의 아궁이에서 타는 불은
어슴프레한 부엌의 어둠 속에 얌전히 놓인 살림들을 일깨운다.
그중에는 명절날 축복의 꽃목걸이를 한 물동이도 있다.

부싱가 민가에서의 점심은 단순하면서도 푸짐하고 정성스러
웠다. 걸쭉한 옥수수 막걸리와 짭짤한 소찌아, 접시에 수북이 담
긴 뜨끈한 쌀밥, 구수한 녹두죽, 감자와 푸성귀를 같이 촉촉하게
볶아서 마살라로 양념한 반찬에는 특별한 정성이 들어있었다.

셰르파들은 찬이 많지 않기 때문인지 밥을 많이 먹었다. 큼직
한 접시가 바닥이 보이기 무섭게 다시 수북이 얹어주는 밥을 세
번, 네 번씩 먹었다. 나도 두 번 먹었다. 반찬은 적었지만 그들만
의 특별한 부엌 도구들을 사용하여 정성껏 만든 것이었다. 고추와
마늘 등 양념은 넓적한 검은 돌 가운데의 움푹한 곳에 놓고서 둥
그런 돌로 짓이겨 빻고 갈았다. 소찌아에 버터를 녹이는 도구는
끝에 바람개비 모양의 스크루가 달렸다. 스크루 쪽을 뜨거운 차가
들어있는 찻주전자 속에 넣고, 손잡이 부분을 두 손바닥으로 비벼
서 버터와 곡물 가루를 섞었다. 네팔 산골 부엌에서 쓰는 소박한
형태의 믹서였다.

등을 적신 땀이 마르면서 한기를 느낀 나는 장작불이 타는 화
덕 옆에서 음식을 먹었다. 장작 타는 연기 때문에 눈이 매웠다. 고
물 라디오가 놓인 창으로 바람이 들어오다가 다시 연기와 함께 흘
러나갔다. 그 창밖으로 보이는 산비탈 경작지 사이에 우리가 걸어
온 길이 실낱같이 이어져있었다. 그리고 머리 위의 천정에는 옥수
수가 주렁주렁 매달려서 건조되고 있었다. 에베레스트 기슭의 쿰
부 지역 투어리스트 롯지에서는 경험하기 어려운 산촌 특유의 토
박이 삶을 엿보게 된 것이 뿌듯했다.

나왕 초상 셰르파 일행과는 이날 이후 다시 만나지 못했다. 그들은 앞서 갔고, 우리는 부싱가 마을 동사무소 앞에 주민등록을 위해 운집한 남녀노소의 모습을 카메라에 담느라고 지체했기 때문이다. 동사무소 앞마당 축대 밑에 흰 보자기와 동그란 의자로 이루어진 노천 스튜디오가 재미있었다. 흰 보자기를 스크린 삼아 펼쳐든 총각이 있고, 사진 찍을 사람이 그 보자기 앞에 놓은 엉성한 의자에 앉으면, 사진사가 손에 든 고물 카메라의 셔터를 눌렀다. 또 다른 사진사는 수많은 고객들에게 둘러싸여있었는데, 그는

이미 인화된 증명사진을 가방을 메고 선 채로 가위로 잘라 나누어 주고 있었다. 투표권을 위한 주민등록 신청의 열기가 이토록 뜨거운 이유는 마오이스트 공산당 출현 이후 가난한 사람들일수록 오히려 정치적 관심이 깊어졌기 때문이다.

어린것의 정성이
어찌나 갸륵한지

오후부터 하늘이 점점 컴컴해지더니 비가 내리기 시작했다. 새벽 하늘에 붉은 노을이 지면 비가 올 징조라는 속설은 우리나라뿐만 아니라 이곳 히말라야에도 들어맞는 말인가 싶었다. 나는 배낭에서 판초 우의를 꺼내 입었으나, 총누리는 그냥 비를 맞으며 걸었다. 길은 산비탈로 이어지다가, 산모롱이를 에돌다가 계곡 아래로 내려서고 조그만 나무다리를 건너 다시 비탈로 이어졌는데, 그사이 빗방울은 점점 굵어졌다.

이날 목적지인 킹쿠르딩 곰파까지 가려면 비탈길을 두 시간 이상 걸어올라야 했다. 비가 안 오면 몰라도 제법 굵어진 빗줄기 속에서 미끄러운 비탈길을 두 시간 이상 오르는 건 아무래도 무리였다. 어느 민가에 들어가 비 그치기를 기다려 보기로 했다.

길가에 있는 그 집은 늙수그레한 과부가 어린 자녀들과 함께 사는 집이었다. 객들이 평소 자주 드나드는지 우리보다 먼저 온 객이 둘 있었다. 지리 시장에서 오컬둥가 지방의 주막이나 가게로 등짐을 져주는 쿨리들이었다. 한 명은 아직 스무 살이 안 된 총각이고, 다른 한 명은 이미 중년에 접어든 모습이었다. 두 사람은 화덕가에서 불을 쬐며 버터 티를 마시고 있었다. 2층에 마련된 이

집 부엌은 낮에 점심 먹은 집과는 달리 부뚜막이 따로 없었다. 맨 땅에 큼직한 쇠틀을 하나 놓고 그 위에 솥을 걸었을 뿐이었다.

이 집은 지붕에 채광창이 있는 게 특이했다. 장작 때는 연기에 새까맣게 그을린 서까래 사이에 낸 채광창의 유리는 연기에 누렇게 그을려 있었지만, 제법 구실은 하고 있었다. 소찌아를 마시며 이 집 식구들을 찬찬히 살펴보니 옷이 아주 남루하고 더러웠다. 손발은 물론 얼굴과 목도 때가 시커멓게 껴있었다. 그중 막내딸 님이 셰르파는 그래도 세수는 한 얼굴이었다. 그러나 발은 오빠 겔부 셰르파나 네 살 먹은 조카 치링 덴지 셰르파 그리고 어머니처럼 때가 덕지덕지 앉아있었다.

이 집 주인 양반은 육 년 전에 1남6녀를 남겨놓고 세상을 떠났다고 했다. 위로 세 딸은 출가했고, 두 딸은 객지에 돈 벌러 가있다는데, 무슨 사연인

지 셋째 딸이 낳은 손자 치링은 할머니가 맡아서 기르고 있었다.

이 집의 외아들인 겔부 셰르파는 5학년까지 다니다 말고 어머니와 함께 농사를 짓기 시작했다. 아버지가 타계하기 1년 전의 일이었다. 막내딸 님이 셰르파도 집안 일손이 모자라 2학년까지만 다녔다고 했다.

차는 다 마셨지만 너와 지붕을 두드리는 빗소리는 더욱 커졌다. 배도 출출하고 하여 감자를 삶아먹기로 했다. 님이 셰르파가 부엌 한쪽에서 커다란 소쿠리에 감자를 가득 담아와서는, 부엌 바닥에 놓고 커다란 칼로 썩썩 잘라 화덕에 올린 엉성한 솥에 넣었다. 그리고는 잠시 밖으로 나갔다 왔는데, 그 사이 밭에 가서 마늘을 한 묶음 캐 가지고 오는 것이었다.

님이 셰르파는 그 마늘을 대충 다듬어 물에 씻은 후 조그만 나무절구에 넣고 공이로 콩콩 찧었다. 거기에 소금도 약간 뿌렸다. 뭘 만드나 했더니 삶은 감자를 먹을 때 찍어 먹을 소스를 만드는 것이었다. 그 소스에 뜨거운 감자를 쿡 찍어 한입 먹자니 어린것의 정성이 어찌나 갸륵한지 눈물이 나려고 했다.

잠시 보이지 않던 이 집 외아들 겔부 셰르파가 나타났는데, 그는 손에 큼직한 주전자를 들고 있었다. 마을에 내려가서 락시를 받아온 것이었다. 옥수수로 빚은 것이며 금방 내린 것이라 아직 뜨듯해서 목구멍으로 넘어가는 감촉이 좋았다. 주인 식구와 객들을 합쳐서 여덟 사람이 화덕에 둘러앉아 말없이 감자를 까먹는데 너와 지붕을 때리는 빗소리는 왜 그리 크게 들리던지……

님이 셰르파는 화덕 위의 솥에 뜨물을 붓고 거기다가 우리가 벗겨낸 감자 껍질을 모아 넣었다. 버터 티를 마신 컵을 헹군 물도 그 솥에 부었다. 마늘 다듬을 때 벗겨낸 푸성귀도 그 솥에 들어갔다. 그리고 귀퉁이를 꿰맨 헌 자루에서 옥수수 껍질을 한 움큼 꺼내어 일일이 손으로 찢어넣고는 또 다른 자루에서 보릿겨 같은 것을 한 움큼 꺼내 솥에 털어넣었다. 작은 손에 묻은 보릿겨도 탁탁 털어넣었다. 외양간의 소들에게 먹일 쇠죽이었다.

남매가 그 쇠죽솥을 들고 아래층으로 내려가기에 따라 내려갔다. 마당 한쪽에 엉성한 외양간이 있었다. 남매는 그 외양간에 있는 소 세 마리에게 쇠죽을 퍼주는 것이었다. 외양간에서 나오니 금세 컴컴해진 하늘에서 진눈깨비가 날리기 시작했다. 언제 눈이 왔는지 주변의 산에는 눈이 하얗게 내려있었다. 갑자기 한기가 느껴졌다.

우리는 다시 화덕 앞에 모여앉았다. 남은 락시를 비우기 시작했고, 그 많던 감자가 바닥났다. 겔부 셰르파가 씨알이 작은 감자들을 다시 한 바가지 가져다 화덕의 재 밑에 묻었는데, 그것도 다 먹고 나니 채광창이 깜깜해졌다. 나는 화덕 옆에서 싸락눈이 너와 지붕을 때려대는 소리를 들으며 자고 싶었는데 그러지 못했다. 객들은 아래층의 침대를 사용해야 한다고 했다. 아래층에는 부처님을 모신 불단이 있고 불단 좌우로 나무 침대가 네 개 있었다.

킹쿠르딩 곰파를 지키는
어린 스님들

마룻장을 울리는 힘찬 맷돌 소리에 잠 깨어 눈을 떠보니 아직 여명이었다. 건너편 침상의 쿨리(짐꾼을 나타내는 네팔말)들과 내 옆 침상의 총누리는 아직 잠에 취해있었다. 그들에게는 맷돌 돌리는 소리가 힘차게 들리는 남루한 이불 속이 고향집 이불 속처럼 아늑한지도 몰랐다. 어릴 적 어머니가 부엌에서 밥 짓느라 쌀 씻는 소리에 잠을 깼다가도 어느덧 다시 평온한 잠을 이루었던 것과 같은 경우일 게다.

소변이 마려웠지만 침낭에서 빠져나오기가 귀찮아서 다시 눈을 감았다. 맷돌 소리는 여전히 힘차게 들렸다. 규칙적인 호흡과 일정한 박자를 정확하게 따르고 있는 것으로 봐서 그것은 주인아주머니가 돌리는 것이리라. 주인아주머니는 불교 진언 '옴마니밧메훔'을 마음속으로 뇌이며 맷돌을 돌리는 지도 모른다. 맷돌 도는 박자에 맞추어 '옴마니밧메훔'을 뇌이다가 다시 잠이 들었다.

잠에서 다시 깼을 때 맷돌 소리는 그쳐있었고 아침이 환하게 밝아있었다. 앞산 능선이 비 그친 푸른 하늘 아래 눈부셨다. 밤새 내린 눈으로 설화雪花를 피운 나무들 너머 아득한 능선 위에 킹쿠르딩 곰파도 보였다. 그리고 그 반대편의 먼 하늘 아래는 눈 쌓인 피케 영봉이 보일락 말락 했다.

아침 식사는 짬바와 소찌아였다. 짬바는 '맷돌로 갈아 가루로 만든 곡식'이다. 여명의 힘찬 맷돌 소리는 짬바를 만들기 위해 통보리를 가는 소리였다. 양재기에 담아 내온 짬바에 뜨거운 소찌아를 조금씩 부어가며 수저로 저어서 걸쭉한 반죽을 만들어 떠먹는데, 아무 맛도 없고 목에 걸리는 느낌이 들어 소찌아를 많이 마셔야 했다. 저녁에 마시다 남은 옥수수 락시도 따듯하게 데워서 다들 한잔씩 들이켰다. 뱃속이 찌르르했다.

어차피 떠나야 할 나그네들은 뭉그적거리지 말고 빨리 궁둥이를 털어야 한다. 주인집 식구들은 할 일이 많다. 향로를 들고 아래층 불단에 치성 드리러 내려가는 님이 셰르파와 덴지 셰르파를 따라 나도 아래층으로 내려갔다. 이 집의 불단은 어제 우리가 잔 침대 방 창가에 모셔져있다. 님이는 불단 앞에서 향로를 흔들어 연기를 피웠다. 향로에서 피어난 향 연기는 사람을 숙연하게 한다. 어린 님이 셰르파의 치성도 숙연하게 느껴진다.

우리가 지팡이를 짚고 문을 나서자 겔부 셰르파가 나타나 곰파로 가는 지름길을 알려주겠다며 앞장섰다. 겔부가 인도한 지름길은 물레방아 골짜기로 이어졌다. 그 물레방아는 산비탈에 흩어져있는 여러 마을 사람들이 함께 쓰는 것이어서, 사방에서 길이 모이고 흩어지는 로터리 구실을 하고 있었다. 겔부는 물레방아 위쪽 비탈로 이어진 작은 오솔길로 올라서더니 눈 쌓인 능선이 마주 보이는 지점에 이르러 능선 바로 밑 외딴집을 가리켰다. 산중에서 그만

폭설로 고립된 킹쿠르딩 곰파 밖에는
마네라고 부르는 돌탑이 길게 누워있다.
돌탑을 이룬 판석의 표면에는
티베트 불교의 진언眞言과 성스러운
문양이 정성스레 새겨져있다.

하면 규모를 갖춘 집이었는데, 바로 킹쿠르딩 곰파라고 했다. 겔부는 거기서 돌아서야 했다. 총누리에 의하면 겔부는 진작 외양간의 소를 풀밭에 풀어놓아야 했다. 마음 같아서는 우리를 따라다니며 이 마을, 저 마을 구경도 하고 마침내 카트만두에도 가보고 싶겠지만, 그럴 수 없는 처지였다. 겔부처럼 소를 먹이고, 감자밭 갈고, 땔나무 하러 다니던 총누리는 겔부의 그런 심정을 잘 알기에 어깨를 다독여주며 친형처럼 굴었다.

겔부와 헤어진 지점에서는 킹쿠르딩 곰파뿐만 아니라 피케 영봉도 멀리 내다보였다. 킹쿠르딩 곰파가 있는 템바단다 능선이 뻗어내려온 먼 북쪽의 봉우리가 바로 피케 영봉이었다. 피케 영봉쪽 능선에는 이쪽보다 더 많은 눈이 쌓여있었다. 총누리가 엊그제 셰르파 호텔에서 들은 바에 의하면 지난 주중에 내린 폭설 속에서 셰르파 한 명이 얼어죽은 곳도 그쪽이라고 했다. 죽은 셰르파는 술에 취해있었고, 눈이 많이 오니 자고 가라는 곰파 스님의 만류를 마다하고 눈길을 나섰다가, 며칠 후 절에서 그리 멀지 않은 곳에서 시체로 발견되었다고 한다. 폭설 속에서 길을 잃고 헤매다가 탈진하여 잠이 들었고, 결국 저체온증으로 죽었을 것이다.

하늘은 청명하고, 나목 숲의 설화가 햇빛을 반사하여 눈부시게 밝은 아침 산중을 걷는 게 상쾌했다. 우리는 그리 힘들이지 않고 눈 쌓인 곰파 마당에 도착했다. 킹쿠르딩 곰파가 위치한 땅은 솔루쿰부가 아니라 오컬둥가 땅이었다. 우리는 이미 오컬둥가 땅에 들어선 것이었다. 총누리는 나를 자기 고향의 곰파에 안내한 것이 자못 기쁘다는 표정이었다. 그러나 곰파는 아무도 살지 않는 듯 너무나 조용했다. 마당에 쌓인 눈에는 사람이 내왕한 발자국도 없었다. 곰파 주변에 게딱지처럼 다닥다닥 붙어있는 백 채 가량의 판잣집 또한 쥐 죽은 듯 고요했다. 그리고 곰파 마당에 서있는 탑에는 페인트로 그려진 낫과 망치, 즉 공산당 마크와 '우리는 반드시 이긴다'는 구호가 적혀있었다.

그때 어디선가 대문니 두 개가 다 없는 노파가 슬그머니 나타났다. 총누리가 그 노파와 무슨 말인가 주고받더니 같이 곰파로 가서 대문을 두드렸다. 한참 만에 소년 승려가 문을 열어주었고 노파는 눈길을 헤치고 마을로 내려갔다. 우리는 소년 승려를 따라 고드름이 뚝뚝 떨어지는 회랑을 돌아 대웅전에 들어가 삼배를 올린 후, 2층 회랑 구석에 있는 그의 방으로 갔다. 솜이불이 새 둥지처럼 말려있고 그 앞에 경전과 염주가 놓여있는 것으로 미루어 소년 승려는 좀 전까지 그 솜이불을 두르고 앉아있었음을 짐작할 수 있었다.

킹쿠르딩 곰파는 오컬둥가 지방에서 가장 큰 곰파라고 했다. 10년 전만 하더라도 수백 명의 승려가 상주하면서 오컬둥가 지방 주민들의 정신적인 지주 역할을 해왔다고 한다. 그러나 큰스님인 링포체 부부가 카트만두의 보우다로 거처를 옮긴 후로 다른 승려들도 삼삼오오 짝을 지어 카트만두로 떠났다고 했다. 산중은 경제가 어렵고 병원도 없어서 승려가 병이라도 나면 약 한 첩 못 쓰고 앓다 죽는 수밖에 없어 다들 대처로 나간다고 했다. 대처에 가면 좋은 환경에서 훌륭한 교육을 받을 수 있을 뿐더러 운이 좋으면 외국에 갈 기회도 잡을 수 있다는 것이다.

이 곰파에서 공부했던 총누리의 동생도 같은 이유로 카트만두 부근의 곰파로 떠났던 것인데, 작년에 환속하고 말았으며 장차 트레킹 가이드가 되기 위해 지금은 포터로 일하고 있다는 총누리의 이야기가 왠지 내 가슴을 답답하게 했다. 총누리는 일 년에 한 번꼴로 승려들이 이 곰파로 돌아와 마을 주민들을 위한 큰 법회를 벌이며 이는 앞으로도 계속될 것이라고 했지만, 나는 그 법회가 점점 시들해지다가 결국은 사라지게 될지도 모른다는 우울한 생각이 들었다.

총누리는 소년 승려에게 차를 청했고, 소년 승려는 버터도 없고 우유도 없어서 깔로찌아(블랙 티)를 드릴 수밖에 없다며 화덕으로 가서 불을 피웠다. 그가 차를 준비하는 동안 다른 두 소년 승려가 올라와 얼굴을 내밀었다가 돌아갔다. 킹쿠르딩 곰파를 지키는 승려는 그렇게 세 명의 소년 승려뿐이었다. 그들은 일정 기간이 지나면 절을 지키는 임무를 다른 승려들과 교대한다고 했다.

깔로찌아와 함께 짬바(보리 미숫가루)를 얻어먹은 후 우리는 다시 길을 나섰다. 앙 도로지가 작성해 준 일정표에는 전날 저녁에 킹쿠르딩 곰파에서 묵고 이날 아침 동트기 전에 뒤쪽 능선에 올라 일출을 본 후 아침 식사를 하고 출발하는 것으로 되어있었다. 그러나 전날 비가 오는 바람에 일정이 바뀌어 아침에 절에 올라 차만 마시고 나온 것이다.

　　절 부근은 오래 묵은 침엽수와 랄리구라스가 이룬 거창한 숲
으로 둘러싸여있었다. 랄리구라스가 눈 속에서 꽃망울을 맺고 있
는 숲 속 오솔길을 걷다가 덴바단다 능선에 오르니 높다란 나무
가지 사이로 푸른 하늘이 보였다. 구름이 조화를 부려 변화무쌍한
하늘과 먼 능선들과 앞산을 바라보며 한동안 걸은 끝에 고갯마루
에 이르렀는데, 거기 아침에 헤어졌던 짐꾼 두 명이 먼저 와 쉬고
있었다. 길이 미끄럽고, 무거운 짐을 진 탓에, 곧장 왔으면서도 많
이 못 걸은 모양이었다. 짐꾼 두 명 가운데 젊은이가 사진을 찍어
달라고 했다. 나이 먹은 짐꾼은 사진보다 담배에 관심이 많았다.

우리는 담배 한 대를 나누어 피운 후 하산을 시작했다. 잠시 내려오다 보니 짐꾼들이 가는 길은 우리와 달랐다. 1시 조금 지나서 '덜카르카'라는 마을에 도착했다. 소년 소녀들이 소를 방목하는 산비탈 마을이었다. 총누리가 점심을 먹자고 안내한 집은 예쁘장한 딸을 둔 중년 부부가 사는 집이었는데, 사나운 개가 두 마리나 있었다. 개들이 우리를 보고 사납게 짖어대자 주인 남자가 개를 묶었다. 쌀밥과 달, 머히(일종의 요구르트)와 꼬도 락시로 주린 배를 채웠다.

덜카르카의 맞은편 산비탈에 빤히 보이는 마을이 총누리와 앙 도로지의 고향이라고 했다. 총누리는 손가락으로 앙 도로지와 그 밑의 자기네 집을 가리켰다. 그런데 빠쁘레 마을에서 맹렬한 엔진 소리가 들리더니 헬리콥터가 날아올랐다. 환자를 이송하는 일 말고는 평소에 헬리콥터가 올 일이 없는 마을이라고 총누리가 말했다. 간혹 명절이면 카트만두에 사는 빠쁘레 출신 부자들이 헬리콥터를 타고 오기도 한다고 했다.

산비탈을 비스듬히 에도는 길을 따라 한참 걸어서 나무다리가 놓여있는 개울로 내려섰다. 다리 저쪽 나뭇가지에 '카닥(승려나 귀한 손님의 목에 걸어주는 하얀 스카프)'이 매여있었다. 먼 길 떠나는 사람들에게 행운을 빌어주기 위해 식구들과 마을 사람들이 목에 걸어준 것인데, 개울을 건너기 전에 나뭇가지나 다리난간에 잡아매서 반드시 돌아오겠음을 다짐하는 것이라 했다.

사진을 찍느라고 다리 근처에서 어정거리고 있을 때 젊은 셰르파 남녀가 다리를 향해서 걸어왔다. 그들은 덜카르카에 있는 보건소로 출퇴근하는 셰르파 부부로 총누리네 동네에 산다고 했다. 출퇴근을 위해 부부가 함께 아침저녁으로 걷는 시간이 하루 세 시간이라고 했다. 비가 오거나 눈이 오면 곤란하겠지만, 그렇게 매일 함께 걸을 수 있을 때가 좋다는 걸 그 부부가 알고 있기를 빌었다.

개울가 비탈길을 오르자 잘 정리된 밭이 드넓게 펼쳐진 마을이 나타났다. 집들도 큼직큼직하고 번듯번듯했다. 마을 입구에는 기다란 돌탑이 길을 좌우로 가르고 있었다. 이 마을 이름이 빠쁘레, 총누리와 앙 도로지가 태어나서 자란 마을이다. 우리는 이날 앙 도로지의 집에서 묵기로 되어있었기에 곧장 앙 도로지 집으로 갔다. 목조로 된 2층집인데 마당 귀퉁이에 변소가 있었다. 이 집은 18년 전에 다시 지었지만, 집터는 옛날 앙 도로지가 태어난 그대로라고 했다.

우리가 도착했을 때 그 집에는 어린아이들만 있었다. 고추를 내놓은 사내아이와 볼이 사과처럼 빨간 서너 살 또래의 계집아이 둘이 코를 훌쩍이며 화덕에서 불을 쬐고 있었고, 이 아이들을 돌보는 소녀가 있었다. 소녀의 이름은 페마, 올해 열셋으로 빠쁘레 마을에서 두 시간 떨어진 마을에 사는 친척집 딸이라고 했다.

아이들의 아버지는 앙 도로지의 조카이며 총누리의 사촌형인 앙 까미 셰르파라고 했다. 젊은 부부는 2남 2녀를 두었는데, 부인이 젖먹이 하나만 데리고 카트만두의 친척집에 다니러갔으며 아이들 아버지인 앙 까미 셰르파는 마실 나가고 없었다. 그래서 페마

혼자 세 아이를 돌보고 있었다. 페마는 겨우 열세 살이지만 손님을 위해 차를 끓이고 옥수수 막걸리를 뜨듯하게 데워서 내왔다.

나는 화덕이 있는 창가에 앉아 페마가 정성껏 부어주는 옥수수 막걸리를 마셨다. 창밖에 보이는 육중한 능선의 이름은 뎀바단다, 우리가 넘어온 능선이다. 킹쿠르딩 곰파가 있는 능선 북쪽에는 눈이 많이 쌓여있었는데, 능선 남쪽인 이쪽 비탈에는 눈도 없고 햇살만 따뜻했다. 우리가 점심을 먹은 민가도 잘 보였다. 개 짖는 소리도 들릴 만큼 맞은편 비탈에 빤히 보이건만, 그 집에서 이 집으로 오는 데 두 시간이나 걸렸다. 그만큼 산이 육중하고 골이 깊다.

총누리는 집주인을 찾는다고 나가고, 나는 화덕 주변에서 노는 어린아이들과 아이들을 돌보며 틈틈이 저녁을 준비하는 페마 그리고 집안의 집기들을 하나하나 눈여겨보며 사진을 찍었다. 페마는 감자를 광주리에 담아와서 칼로 자르고, 물을 받아 씻고, 장작을 가져다 화덕에 넣고, 후후 불어서 불꽃을 피우고, 그 위에 냄비를 올려놓고 볶는 틈틈이 내 잔의 막걸리가 비면 막걸리를 채워주고, 차가 비면 차를 따라주었다. '그만 먹겠다, 됐다'고 해도 막무가내로 자꾸 다시 채웠다. 고사리 손으로 손님을 챙기는 어린 보살의 친절이 가상하여 주는 대로 잔을 비우니 슬슬 취기가 올랐다. 중간에 총누리가 담배를 사다주고는 자기 집에 잠시 다녀온다며 다시 나갔다. 살던 동네에 왔으니 인사 다닐 데가 많겠다 싶었다.

푸른 밭은 밀밭, 붉은 밭은 감자밭

앙 도로지의 옛집 2층 제일 안쪽에 있는 법당에서 잠이 들었다. 새벽 잠결에 오줌을 누려고 일어났다가 천장에 매달린 큰북에 머리를 세게 부딪쳤다. 간밤에 집주인 앙 까미와 동네 친구들이 가져온 소주와 막걸리를 많이 마신 때문인지 머리를 부딪치고서야 내가 잔 방이 법당인 줄 알았다. 어떻게 그 방에 와서 자게 됐는지가 기억나지 않는 걸 보면 많이 마시긴 많이 마셨나 보다.

오줌을 누고 올라와 보니 앙 까미의 아들이 엄마를 찾으며 울었다. 세 아이가 누더기 같은 솜이불을 말고 함께 자고 있었는데,

페마는 아이가 우는 것도 모르고 정신없이 자고 있었다. 그러자 아이들 애비인 앙 까미가 저쪽 침대에서 몸을 반쯤 일으키고 '페마! 페마!' 하면서 짜증스럽게 페마를 불러 깨웠다. 페마는 그때야 잠이 깼는지 마치 엄마가 그러는 것처럼 익숙하게 아이를 안고 다독여 재우는 것이었다.

식전에 마을을 둘러보니 저녁에 볼 때보다 훨씬 정감 있고 정갈했다. 문전옥답을 갈다만 쟁기가 넘어져있는 것으로 보아 때는 바야흐로 밭을 갈아엎어야 하는 농번기였다. 페마에게 양은 대야를 빌려서 그동안 배낭 속에 묵혀둔 세 켤레의 양말을 빨았다. 물이 아주 찼다. 손이 몹시 시렸다. 물을 데워서 빨 생각도 해봤지만 열세 살 소녀도 찬물로 설거지를 하는 마당에 내가 더운 물을 쓰겠다고 하기는 뭣했다.

페마는 쌀을 씻어 안치고 내가 빨래를 마치자 아이들 옷을 빨기 시작했다. 똥오줌 못 가리는 아이가 셋이나 되니 빨랫감이 많았다. 아이들 옷이 하도 더러워서 빨래를 안 해 입히는 줄 알았는데 빨래를 하기는 하는 것이었다. 페마는 빨래를 하는 중에도 아래층에서 아이들이 우는 소리를 내면 내려가 보곤 했다. 한 번은 내가 2층에서 창문으로 내려다보니, 아이들이 마당에 똥을 싸놓고 거기다가 장화를 던지면서 놀더니, 마침내 그 장화를 가져오라며 울고 있었다. 이런저런 소동 끝에 페마가 빨래를 마치고 마당의 빨랫줄에 빨래를 널 때 보니 손이 새빨갰다. 내가 양말 빨겠다고 더운물 찾지 않은 것은 정말 잘한 일이었다.

빨래를 널고 온 페마는 압력솥을 올려놓은 화덕 앞에 작은 몸을 구부리고 엎드려 후우우 바람을 불어 불길을 살렸다. 그러자 잠시 후에 '치이익, 치이익' 압력솥에서 김 빠지는 소리가 들렸다. 그렇게 몇 번 더 김 빠지는 소리가 난 후 페마는 압력솥을 내려놓고 감자를 씻었다. 그리고 조그만 칼을 찾아와 숫돌에다 갈더니 그것으로 감자를 썰었다. 감자를 커다란 냄비에 붓고 올려놓더니 화덕에 장작을 더 집어넣고 엎드려서 불길을 살리려고 후우우 바람을 불었다. 연기가 나서 눈이 매운지 눈을 비벼가면서 몇 번 더 불자 불길이 일어났다. 냄비에 약간의 기름을 부은 후 커다란 주걱으로 저었다. 그러자 마당에서 햇볕을 쪼이며 놀던 강아지 같은 아이들이 계단을 기어올라 화덕으로 모여들었다.

앙 까미는 밭으로 일하러 나가고, 늦잠을 잔 총누리는 아침부

터 분주했다. 윗마을로 아랫마을로 우체부처럼 전달할 것이 많았
다. 늙수그레한 셰르파 영감 한 명이 집으로 총누리를 찾아와 카
트만두에 보낼 편지를 맡기고 갔다. 편지의 사연은 무엇인지 모르
지만, 총누리는 가방 속의 자기 공책 갈피에 잘 접어넣었다. 그리
고는 또 어디론가 사라졌다.

　어린 페마가 늘 하는 고생이므로 당연하다는 듯 얼굴 한 번 안
찌푸리고 지어준 아침밥을 송구스럽게 먹고 나니 총누리가 왔다.
총누리는 자기 집에 다녀왔는데, 어머니가 옥수수 막걸리라도 대
접하고 싶다니 같이 가자고 했다. 그래서 총누리를 따라나섰다.
그의 집은 비탈 밑에 있었다.

　총누리의 아버지는 출타 중이었다. 그는 집 짓는 목수인데, 현
재 쿰부의 남체바잘에서 탐세쿠 롯지 증축 공사를 하고 있다 했

다. 총누리의 어머니는 집 근처의 밭에 매놓은 여러 마리 소에게 여물을 주다가 우리를 보고 반겼다. 총누리의 집에는 총누리의 여동생과 아직 어린 남동생이 화덕에서 음식을 만들고 있었다. 잠시 후 총누리의 어머니가 들어와 막걸리를 걸러 큰 사발에 부어주었다. 예의상 몇 사발 마시고 잠시 집 주변을 돌아보았다.

햇살 따스한 이른 봄이라서 주변 풍광이 아름다웠다. 골짜기 건너편의 육중한 산비탈에서 떨어지는 힘찬 폭포수가 선경仙境을 연출하는 가운데, 푸른 밭은 밀밭이요, 갈아엎어 붉은 밭은 씨감자를 심어놓은 감자밭이었다. 총누리네 이웃집에서는 마침 씨감자를 심고 있었다. 남편은 두 마리 소를 앞세우고 소몰이 노래를 하면서 쟁기로 밭을 갈며 앞서가고, 아내는 씨감자를 담은 광주리를 메고 뒤따르며 쟁기가 낸 고랑 사이에 씨감자를 던져넣었다.

씨감자가 따로 있는 게 아니었다. 수확하여 저장해둔 감자 중에서 굵은 것부터 골라서 먹고 나면 알이 작은 것들만 남는데, 이를 씨감자로 쓴다고 했다.

피붙이 같은
총누리네 이웃

총누리 어머니가 밥을 먹고 가라고 붙들었으나 막걸리만으로도 이미 배가 불러서 사양하지 않을 수 없었다. 우리는 마을을 둘러볼 겸 학교를 향해서 비탈을 올랐다. 그 비탈의 대나무 숲에서는 늙수그레한 사내가 딸들과 더불어 대나무를 잘라 다듬고 있었다.

학교가 있는 언덕 위의 마을 이름은 체르마딩이었다. 행정 구역으로는 파트레 3동이라고 했다. 8학년까지 있는 초등학교다. 앙 도로지가 다닐 때만 해도 4학년까지 밖에 없었다. 그래서 앙 도로지는 킹쿠르딩 곰파에 들어가 승려 공부를 했다. 총누리 형제가 다닐 때는 이미 8학년까지 있었는데, 총누리 형제는 4학년까지만 마쳤다.

현재 이 학교의 학생 수는 모두 260명, 교사는 6명이다. 학교 교장은 국가에서 보조해주는 액수는 교사 두세 명의 봉급에도 못 미치기 때문에 육성회 기금으로 교사들의 월급을 충당한다고 했다. 그런데 육성회 기금의 반 이상을 육성회장이 낸다고 했다.

아이들의 초롱초롱한 눈망울을 보니 죄 지은 사람처럼 미안해져서 학교에 3000루피(약 5만 원)를 기부했다. 교사들은 고마움의 표시로 우리의 목에 흰 카닥을 걸어주었다. 아이들은 운동장 끝까

학교   Shree Shivalaya Lower Secondary School
주소   Patre-3,Phapre, Okhaldhunga, Nepal
이메일   Lakpa_sherpa2003@yahoo.com

지 따라와 손을 흔들어주었다. 총누리도 기분이 좋은 듯했다.

　우리는 육성회장의 아들이라는 젊은 청년의 초대로 학교에서
나와 그의 집에 갔다. 부잣집이라 그런지 크고, 넓고, 깨끗했다.
이빨과 눈깔이 잔혹하게 보이는 티베트 개도 여러 마리 있었다.
총누리는 그 집 문 앞에서 신과 양말을 벗고 발을 씻은 후에 실내
에 들어왔다. 무척 긴장한 모습이었다. 육성회장은 출타 중이었
고, 회장의 부인이 차를 가져왔다. 육성회장 아들은 별로 말이 없
었다. 안주인이 막걸리를 가져왔기에 예의를 차리느라 한 사발만
마시고 얼른 일어섰다.

　육성회장 집에서 나와 우리가 향한 곳은 총누리의 작은아버지
집이었다. 그 역시 집을 짓는 목수인데, 총누리의 아버지와 함께
탐세쿠 롯지 증축 공사를 하고 있었다. 그런데 그 집에는 어린아
이를 데려온 아낙들을 비롯한 동네 사람이 여럿 모여있었다. 총누
리의 작은어머니는 급히 옥수수 막걸리를 빚어 주전자에 담아 커
다란 사발에 철철 넘치도록 부어주었는데, 주전자를 들고 서서 내
가 마시기를 기다리고 있었다. 또 배가 부르도록 마셔야 했다. 옥
수수 막걸리는 이뇨 작용을 하는지 소변이 줄기차게 나왔다. 집
밖 밭두렁 흙이 패이도록 힘찬 소변을 두 번이나 봤다.

　총누리가 '이번이 마지막'이라면서 꼭 들러야 한다고 나를 이
끈 집에는 자녀가 없다는 중년 부부가 깨끗하고 좋은 집에서 단출
하게 살고 있었다. 그 집 아주머니도 막걸리를 내왔는데, 그 집 막
걸리 맛이 그 동네에서 제일 좋았다. 손님 대접으로 옥수수 막걸

리를 내는 것은 전통이었다. 촌에서 막걸리 말고 대접할 게 뭐가 있겠나 싶기도 했다.

낮에도 동네를 돌아다니며 막걸리를 얻어먹었는데, 저녁이 되자 동네 사람들이 술과 안주를 장만하여 숙소로 찾아왔다. 이미 반 말 정도를 마시고 얼큰하여 돌아온지라 더 이상 마시면 크게 취할 줄 뻔히 알면서도 마시지 않을 수 없었다. 누구 잔은 받고, 누구 잔은 안 받겠는가. 조금만 달라고 부탁해 보았지만, 그게 통하지 않았다. 주전자를 들고 서서 내가 잔을 비우기를 기다리고 있으니 말이다. 잔은 차야 맛, 임은 품어야 맛이라는 술꾼들의 풍

류는 셰르파도 마찬가지였다. 그리하여 나는 몸을 가누지 못할 정
도로 대취하였는데, 웬 아낙이 소주의 일종인 락시를 가져와 한
잔 가득 부어주었다. 그러나 나는 그 술을 마신 기억이 없다. 거기
서 필름이 끊어진 것이다.

그렇게 대취하여 뻗었음에도 아침에 일어나보니 길을 떠날 수
있을 것 같았다. 아니 떠나야만 했다. 한참 파종하는 시기였기 때
문에 내가 지체하면 할수록 방해가 될 것 같았다. 해장으로 뜨뜻
하게 데운 막걸리를 한 사발 마시고 나서 배낭을 꾸리는데, 동네
사람들이 카닥과 막걸리를 들고 찾아왔다. 어젯밤에 왔던 사람뿐

아니라 새로운 얼굴도 있었다. 나는 또 마셔야 했다. 해장술에 취하면 아비도 못 알아본다고 했는데, 내 경우는 달랐다. 해장술을 마시고 취하니 마을 사람 모두가 피붙이 같았다. 모두 형제 같고, 누이 같았다. 그리하여 비틀거리지 않으려고 애쓰면서 마을 어귀를 벗어나야 했다. 마을 어귀까지 나를 배웅한 그들이 뒤에 저만치 서서 손을 흔들고 있었기 때문이다. 괜히 눈물이 나려고 했다. 내 고향에서는 이제 이런 일이 없기 때문이다. 천둥 벼락 같은 세월이 대한민국 사람들을 얼마나 냉혹하게 만들었는가? 그 누구 못지않게 차가운 대한민국 사내 하나가 셰르파 땅에 더운 눈물 몇 방울 기어이 떨어뜨리고 말았다.

자프레바스에서
본 피케

다시 길에 올랐다. 처음에는 완만했지만 점차 비탈이 심해졌다. 빠쁘레에서 이틀 밤을 묵으며 연일 마신 탓에 몸이 무거웠다. 사진 찍기도 귀찮았다. 카메라를 총누리에게 맡기고 마음껏 찍어보라고 했다. 총누리는 신이 나서 셔터를 눌러댔는데, 쉴 참에 뭘 찍었나 들여다보니 쓸 만한 게 없었다. 결국 그럴듯한 풍경이나 인물을 만나면 내가 카메라를 받아서 찍고, 다시 카메라를 총누리에게 맡겼다.

마이다리라는 곳에서 차를 마셨고, 툭신두의 허름한 농가에서 라면으로 점심을 때웠다. 오후에는 서서히 흐려지기 시작하더니 이윽고 하늘이 컴컴해지고 눈발이 날리기 시작했다. 이날 일정은 똘루 곰파에서 하룻밤 자고 이튿날 상황을 봐서 피케 영봉 정상에 오르는 것이었는데, 눈이 많이 온다든지 곰파에 사람이 없으면 자프레바스라는 마을로 내려가야 하는 일정이었다. 그러자면 시간이 넉넉지 않아 눈에 푹푹 빠지면서 비지땀을 흘린 끝에 똘루 곰파 가까이 접근하다보니, 곰파에서 이쪽으로 나왔다가 돌아간 발자국이 눈 속에 깊게 패여있었다. 필시 곰파에 사람이 있다는 증거여서 힘이 났다.

곰파는 본래 크고 웅장했을 테지만 오랫동안 방치해두어 곧 무너질 듯 퇴락해있었다. 그리고 노스님 혼자 곰파 밑 오두막에 들어앉아 불을 피워 추위를 덜고 있었다. 스님은 우리에게 차를 대접했고, 우리는 피케 영봉으로 가는 길에 눈이 어느 정도 쌓여 있는지를 물었다. 스님은 우리가 오던 길의 눈보다 두세 배는 더 쌓여있을 것이라 했다. 결국 이쪽 길로 피케 영봉에 오르는 일은 포기해야 했다. 우리는 곰파에서 하루 묵기를 청했지만 스님은 곤란하다고 했다. 여분의 식량이 없다는 것이었다.

노스님에게 얼마간 보시하고 일어서려니 잠시만 더 앉았다가 가라고 하면서 방구석에서 조그만 병 하나를 꺼내어 마개를 열었는데 꼬도(조) 락시 특유의 향기가 진동했다. 스님은 그것을 내 찻잔에 가득 부어주셨다. 총누리는 사양했고, 스님은 당신 잔에도 가득 부었다. 아주 독하지만 향기롭고 잘 넘어가는 좋은 술이었다. 눈길을 걸으며 추위를 잊는 데는 그만한 술이 없겠다 싶었다.

스님과 작별하고 다시 눈길을 걸었다. 어둡기 전까지 자프레바스에 도착하려면 부지런히 걸어야 했다. 얼굴과 목과 등줄기에 땀이 계속 흘렀다. 눈길이라서 힘들기도 했지만, 연일 술 마시느라 몸이 곯아서 땀이 더 많이 나는 것 같았다.

시계의 중심에 피케를 놓고 생각해본다면, 우리가 지리를 출발하여 시바라야로 내려서기 전에 처음 피케를 바라본 언덕은 9시 방향이었다. 거기서 6시 방향을 향해 남쪽으로 내려와 빠쁘레에서 이틀을 묵었고, 이제 5시 방향의 자프레바스에 도달한 것이다. 자프레바스에서 바라본 피케 영봉의 남동쪽 비탈에도 눈이 많이 쌓여있었다. 똘루 곰파에서 겪어봤듯이, 밑에서 보기에는 희끗희끗한 눈도 막상 가보면 무릎 이상 빠지는 것이었다. 따라서 피케 영봉의 북쪽 기슭인 12시 방향에서 피케 영봉에 오른다는 것은 불가능하다고 여겨졌다. 가능하게 하려면 텐트와 식량, 그것들을 운반할 한두 명의 포터 그리고 고생할 각오와 비용이 필요했다. 나는 피케 영봉에 오를 생각을 완전히 포기했다.

자프레바스의 주막에는 나그네들이 많았다. 대부분 짐꾼이고 그중 한 사람은 그 동네 사람 같았는데 술에 취해 사나운 말을 함부로 하고, 아무에게나 괜한 말을 걸며 지분거렸다. 우리는 혹시 있을지도 모르는 말썽을 피하기 위해 그와 눈을 마주치지 않으려고 애썼다.

오후 내내 별로 먹지도 못한 채 눈 속을 걸었기에 몹시 피곤하고 시장했던 우리는 일찌감치 2층의 제일 구석진 마루방 침대에 올라가 누웠다. 아래층에서 우당탕하는 소리와 병 깨지는 소리, 여자의 비명 소리가 났지만 내려가보지 않았다. 보나마나 그 술 취한 자가 기어이 소란을 피운 것일 터였다. 마당에서 몇 마디 고함을 지르는 소리가 나기에 창밖을 내다보니 그 주정뱅이는 벌써 돌아서서 마을 어귀 쪽으로 내려가고 있었다. 그리고 아래층에서는 빗장을 지르는 소리가 사납게 났다.

3월 1일 아침, 이슬비가 오락가락하는 중에 피케 영봉과 주변의 풍경 등 몇 컷의 사진을 찍는데 카메라가 이상했다. 배터리가

다 되어서 그렇겠거니 생각하고 배터리를 갈았으나, 이번에는 아예 작동이 안 됐다. 나중에 알았지만 디지털 카메라는 물이나 습기에 아주 약하다. 조금만 물기가 닿아도 작동이 멈춘다. 전날의 눈보라와 아침의 이슬비가 카메라 내부에 스며 고장을 일으킨 것이었다. 카메라는 하나뿐이었다. 산중이라 카메라를 고칠 데도 없었다. 총누리는 그날 닿을 수 있는 살레리나 파부루의 사진관에 가면 고칠 수도 있다고 했으나, 그건 디지털 카메라를 몰라서 하는 이야기였다.

갈림길에서

자프레바스의 셰르파 호텔에서 라면을 먹고 출발했다. 점심때부터 이슬비가 내렸고, 카메라는 망가졌으며, 몸은 지쳤다. 카메라가 망가졌으면 메모라도 충실히 해야 했는데, 다 귀찮았다. 2주 일정 중 일주일이 지났으니 순례의 한가운데인 셈인데 지쳐버렸고 몹시 우울했다. 순례를 포기하고 싶기도 했다.

만일 카메라가 멀쩡했다면 아무리 지쳤어도 순례를 포기하고 돌아갈 생각까지 하지는 않았을 것이다. 나는 카메라를 통해 많은 위안을 얻고 있었다. 사진을 찍는 순간의 몰입 상태가 피로를 잊게 하고, 그것을 누군가에게 보여줄 수 있다는 사실만으로 보람을 느꼈다. 산길을 걷는 자체만으로 흡족할 수도 있지만, 인적조차 없는 산길은 사흘만 걸어도 진력이 난다. 사흘을 넘어서면 뭔가 다른 자극이나 심취할 무엇이 필요하다. 산길에서 만나는 풍경과 인물 혹은 마을이 그런 자극이며 심취할 무엇이다. 그리고 그것은 기록할 때 극대화된다. 여행 중에는 그저 한가롭게 바라보아야 깊이 느낄 수 있으며, 그 순간의 느낌이 더욱 중요하다고 말하는 사람도 많다. 나 자신도 때로는 뭔가 찍고 쓰는 일이 수선스럽고 방정맞게 느껴지고 귀찮을 때도 없지 않다. 그리하여 기록을 포기한 적도 많지만 시간이 지나면 지날수록 후회스러웠다. '왜 기록하지 않았는가, 왜 사진을 찍지 않았는가' 하며 안타까워했다.

캄딩이라는 마을에서 차를 마시고, 이른 점심도 먹고, 시시콜라와 메라딩을 거쳐 비따카르카에 이르러 시계를 보니 오후 3시였다. 총누리는 '비가 와서 길도 미끄럽고, 이미 많이 걸었으니 이 마을에서 묵자'고 했다. 그러나 나는 두 시간을 더 걸어야 하는 파부루까지 가기를 고집했다. 비는 오다 말다 했고, 비탈은 거의 끝나가고 있었다. 개울 하나만 건너 비탈을 오르면 거기가 솔루쿰부의 행정 중심인 살레리이고, 파부루는 살레리에서 십 리도 못 되는 이웃 마을이다. 게다가 파부루에서는 카트만두를 잇는 국내선 여객기를 이용할 수 있다. 만일 다음 날 카트만두로 가는 비행기가 있고 그 비행기를 탈 수만 있다면, 카트만두로 돌아가고 싶다는 생각을 억누르기 어려울 것이다. 카트만두에 가서 카메라를 다시 장만하고, 눈이 녹은 다음에 비행기로 파부루로 와서 곧장 피케 영봉을 향해 오르고 싶었다. 파부루는 한정된 시일 내에 피케를 순례하려는 단체 순례자들이 비행기로 날아오는 중요 거점이라고 들었다. 그들은 피케의 세 시 방향인 파부루에서 피케 영봉에 올랐다가 아홉시 방향인 겐자로 내려서는 코스를 이용한다.

3월 3일 토요일은 P씨가 귀국하는 날이기도 했다. P씨는 2주 전에 모처럼의 휴가를 얻어 에베레스트 트레킹을 하러 오면서 소풍에서 쓸 고추장과 조미료 등을 사다주었는데, 그것을 인수하느라고 공항에서만 잠시 만났을 뿐 이렇다 할 대접도 못한 채 떠나온 처지여서 3월 2일에 카트만두로 돌아가 P씨에게 토속주 '뚱바'라도 대접하고 싶었다.

우리는 이날 살레리를 거쳐 파부루까지 강행군했으나 파부루에 도착했을 때는 이미 항공사 사무실 직원이 문을 잠그고 퇴근해 버린 후였다. 항공사 사무실 2층에 있는 게스트하우스에 여장을 풀고 게스트하우스의 주인에게 비행기 편을 물어보니, 다음 날 아침인 3월 2일에 카트만두로 가는 비행기가 있기는 한데 좌석이 있을지는 모르겠다고 했다.

3월 2일 금요일 새벽은 몹시 추웠다. 전날 오후부터 뿌리기 시작한 비가 새벽에 그치더니 찬바람이 심하게 불었다. 설산에서 불어오는 바람이었다. 침낭 속에 있는데도 무릎이 시렸다. 롯지 1층의 국내선 여객기 사무실은 날이 밝자마자 문을 열었고, 우리가 묵은 게스트하우스와 주변의 숙소에서 묵었던 탑승객들이 짐 보따리를 들고 그 사무실에 모여들어 웅성거렸다. 그 틈을 비집고 들어가 사무실 직원에게 좌석이 있는지를 알아보고 나온 총누리는 고개를 흔들었다. 보시다시피 승객이 밀려있어서 이날 탑승은 불가능하다고 했다. 다음 비행기는 월요일에 있으며 오늘 미리 예약을 해야만 탈 수 있다고 했다.

우리는 우선 월요일에 떠나는 비행기를 예약했다. 그리고 파부루에서 하루 거리에 있는 마을인 준베시 북쪽의 팡가르마에 다녀와 비행기를 타기로 했다. 팡가르마는 우리 식당 '소풍'의 주방장 앙 마야의 친정이 있는 마을이다. 이번 피케 순례 때 앙 마야에게 우리의 순례 일정을 이야기했더니, 팡가르마에 있는 자기 친정에서도 며칠 묵고 오라고 했고, 나도 반드시 들렀다 오겠다고 했다. 앙 마야의 어머니와 아버지는 전에 우리가 카트만두 변두리에서 '백은산사白隱山舍'라는 이름의 하숙집을 할 때, 와서 묵고 간 일이 있다. 또한 앙 마야의 남동생 남겔은 팡가르마에서 멀지 않은 푹무체 곰파에 있는 작은 학교의 교장이기도 해서 카트만두에 볼 일이 있어 나올 때마다 소풍에 들르곤 했다. 남겔을 마지막으로 본 것은 몇 해 전 겨울, 그가 카트만두에 난로를 사러 나왔을 때였고 우리가 아직 카트만두에서 살고 있을 때였다.

파부루를 떠나 준베시로 가는 길에 자연스럽게 일행이 된 현지 여성이 한 명 있었다. 나이는 기껏해야 스물다섯가량으로 보였고, 작은 키에 뚱뚱한 몸집인 그녀는 커다란 배낭을 메고 등산화를 신고 있었는데, 몸집에 비해 걸음이 가벼웠다. 전에 산에서 본 듯한 얼굴이었다. 혹시 싶어서 물어봤더니 내 짐작이 맞았다. 그녀는 포카라에 있는 여성 전문 트레킹 회사의 가이드였다. 이름은 찬드라 꾸마르 라이. 내가 그녀 회사 사장의 이름이 미스 럭키 체트리 아니냐고 했더니 맞는다고 했다. 나는 여러 해 전에 럭키와 찬드라를 쿰부의 몬조 근방에서 만난 적이 있었고, 그 때 럭키의 명함을 받아두었다. 그러나 찬드라는 기억하지 못했다.

찬드라는 겨울 동안 파부루에서 하루 거리에 있는 높은 산중 고향 마을에서 지내고, 이제 일을 하기 위해 포카라로 가는 길이라고 했다. 우리는 개울가에 위치한 마을 베니에서 함께 차를 마신 후 갈림길에서 헤어졌다. 그녀는 세테로 넘어가는 지름길로 가고, 우리는 준베시를 향한다고 생각하고 총누리를 따라 들어선 길이었는데 길이 육중한 산굽이를 향하여 멀리 에돌고 있었다. 앞서 가는 총누리를 불러 세우고 지도를 펼쳐놓고 보니, 우리가 가는 길은 준베시로 곧장 가는 길이 아니었다. 우리가 가는 길은 일반적인 길을 놔두고 큰 산을 멀리 에돌아 쿰부 지방에서 접근해오는 길이었다. 우리도 찬드라가 가는 길로 가야했다. 한참 동안 힘겹게 올라간 길을 다시 내려와 찬드라가 간 길을 뒤따랐다. 찬드라도 일단 준베시 쪽으로 가다가 세테로 넘어가는 지름길을 택했을 것이었다. 나는 총누리에게 물었다.

왜 이 길로 가지 않고 저 길로 나를 안내했었냐? 너 혹시
이쪽 길은 처음 아니냐?

총누리는 어색한 표정을 지으며 대답했다. 후련하고 경치 좋
은 길로 휘휘 돌아서 준베시로 갈 작정이었다고. 그러나 그것은
변명이었다. 그 길로 가면 해가 진 뒤에나 준베시에 도착하게 되
어있었다. 생각해보니 총누리는 내가 찬드라를 만나 반갑게 이야

기하는 것에 어떤 종류의 질투나 경계심 같은 것을 느꼈던 것 같다. 셰르파족은 체트리족을 가장 싫어하고, 그 다음에는 라이족을 싫어했다. 총누리는 그들이 내게, 혹은 내가 그들에게 접근하는 것을 은근히 저지하곤 했다. 총누리는 자기가 잘 알고 확실히 믿을 수 있는 동네 사람이 아니면, 같은 셰르파라고 해도 지나치게 경계하는 촌놈이었다. 그래서 셰르파를 비롯한 산골 종족들이 네팔 사회 안에서 하나의 정치 세력으로 뭉치지 못하고 서로 반목하면서 피지배자로 사는 지도 몰랐다. 아니 지배자들은 피지배자들이 서로 뭉치지 못하도록 조직적인 이간질을 해왔을 지도 모른다.

총누리는 내가 앙 마야의 친정인 팡가르마에 가서 하룻밤 신세를 지고 앙 마야의 동생이 운영하는 학교를 방문하기보다 준베시의 호텔에서 묵고 파부루로 돌아가기를 은근히 원했다. 전에는 되도록 총누리가 이끄는 대로 따라주었지만, 이 갑갑한 길동무에게 어지간히 지쳤던 나는 총누리더러 내 결정을 따르라고 말해야만 했다.

툭 트인 자리에
눈이 하얗게 쌓인 마을

쿰부 히말로 가는 길목이라 서양식 롯지가 즐비한 준베시 마을에서 개울을 따라 십 리쯤 북쪽으로 들어간 골짜기에 팡가르마 마을이 있었다. 열다섯 가구가 사는 셰르파 마을인데 집집마다 식구가 많아서 인구는 150명이나 된다. '팡가르마'는 셰르파 말로 '툭 트였다' 또는 '흰하다'라는 뜻이다. 이 마을에 조상들이 처음 들어올 때 울창한 숲을 뚫고 들어왔는데, 이곳에 이르러서 숲이 끝나고 툭 트인 자리에 눈이 하얗게 쌓여있었기에 '팡가르마'라는 이름이 붙었다고 한다.

개울 건너 앙 마야네 친정에 찾아가니 저녁 무렵이었다. 앙 마야의 어머니, 언니 그리고 남동생 남겔이 어린 딸을 데리고 차례로 나타났다. 남겔의 부인은 잠시 친정에 갔고, 아버지는 이웃 동네 초상집에 가있다고 했다.

집 안의 화덕에는 소주를 내리는 술 고리가 얹어져있었는데, 내가 도착하자마자 마야의 어머니는 술 고리에서 금방 내린 소주를 손수 깨끗한 잔에 따라 권했다. 앙 마야의 어머니는 평생에 걸친 고된 노동과 관세음보살님께 바치는 기도로 늙은 전형적인 셰르파니의 모습이었다. 거실로 오르는 계단이 끝나는 오른쪽에 그녀만이 드나드는 조그만 기도실이 따로 있었다.

앙 마야의 언니가 저녁 식사는 뭐로 준비하면 좋겠냐고 하여 나는 샥빠가 먹고 싶다고 했다. 샥빠는 우리의 수제비나 칼국수 비슷한 셰르파 전통 음식인데, 앙 마야가 곧잘 만들어주던 음식이었으므로, 이제 앙 마야의 친정에 왔으니 오리지널 샥빠 맛을 보고 싶었다. 앙 마야의 언니 친줌 셰르파가 화덕에서 술 고리를 내리고, 국솥을 올린 후 샥빠를 만들기 시작했다. 올해 마흔하나인 친줌 셰르파는 어려서부터 골수암으로 고생했다. 최근엔 많이 좋아지긴 했으나, 과로하면 뼈에서 혹이 튀어나오기 때문에 결혼도 못하고 집에서 요양하면서 살아가고 있었다.

앙 마야의 언니가 쌰빠를 만드는 동안 나는 남겔과 더불어 그가 교장으로 종사하는 학교 '히말라야 부디스트 스쿨'에 대해 이것저것 묻다가 내 카메라가 고장이 나서 못 쓰게 된 경위를 말했더니, 자기에게 내 것과 비슷한 카메라가 있다고 했다. 옳다구나 싶어 당장 좀 보자고 했더니 밭 건너편의 자기 집에 가서 카메라를 가져왔다. 내가 쓰던 것보다 오히려 한 단계 발전된 카메라였다. 모니터가 내 것은 고정되어있지만, 그것은 덮개식 모니터로 회전시키면 보는 각도를 조절할 수 있었다. 탐나는 물건이었다.

그 카메라는 학교의 재정을 후원하는 독일 단체에게 일 년에 한 번 보내는 연말 보고서에 첨부할 자료 사진을 찍는 데 쓰였다. 물론 개인의 것이 아니라, 독일 단체에서 마련해준 학교 비품이었다. 조심스러워서 입이 안 떨어졌지만, 그 카메라만 있으면 순례를 계획대로 마칠 수 있을 것 같았다. 그래서 빌려달라고 말해보았다. 그리고 카트만두에 가는 즉시 앙 마야에게 맡겨 인편이 있을 때 보내주겠다고 했다. 만일 분실하거나 고장을 내면 새 것을 사서 보내겠다고 했다. 남겔은 몇 번 고개를 끄덕인 후 선선하게 빌려주었다. 카메라를 얻게 되어 몹시 기뻤다.

카트만두에 돌아와서 카트만두의 카메라 가게를 돌아다니며 그 카메라와 똑같은 것을 구하려고 했으나 없었다. 불과 2~3년 전만 해도 흔했던 기종이라 혹시 남아있지 않을까 싶어 공연한 발품만 자꾸 팔았다. 뉴 로드의 카메라 상가에 비슷한 게 있긴 있었는데, 칩이 훨씬 작고, 소형 충전식 배터리를 쓰는 신형이었다.

고장 난 카메라는 아내의 유품이었다. 서울에서도 한 번 수리했던 그 카메라가 다시 망가지던 날, 순례를 포기하고 카트만두로 돌아가고 싶었을 만큼 우울했던 것은 그 카메라에 대한 나의 집착이 그만큼 강했기 때문이라는 것을 카트만두에 돌아와서야 알았다.

그날 밤, 우리는 앙 마야의 친정 옆집인 남겔의 집에서 잤다. 소나무로 지은 새집이라 소나무 냄새가 좋았다. 새벽에 마당에 나가보니, 앞산의 눈이 달빛에 하얗게 빛나고 있었다. 달빛이 밝은 탓에 별은 그다지 많이 보이지 않았지만, 달빛 가득한 하늘은 새파랗다 못해 보랏빛에 가까웠다. 총누리는 자면서 무슨 꿈을 꾸는지 앓는 소리를 내고, 가끔 이를 갈기도 했다. 그가 될 수 있으면 다른 방에서 혼자 자려고 했던 이유를 알 것 같기도 했다. 건너편 침상에서 자고 있는 총누리를 위해 전등을 꺼주어야 했지만, 잠이 안 와서 노트를 펼치고 날짜를 헤아려보았더니 어제가 내 생일이었다. 미역국 대신 미역국만큼 맛있는 샥빠를 먹었고, 뜻밖에 카메라를 빌릴 수 있었으니 나는 복이 많은 놈임에 틀림없다.

피케는
그냥 피케일 뿐

3월 3일 일요일은 음력 1월 14일이었다. 푹무체 곰파에서는 정월 대보름 법회를 이날 열었다. 우리나라 절에서 정월 초하루와 정월 대보름 그리고 석가탄신일과 백중날 큰 법회를 가지듯 푹무체 곰 파에서도 큰 법회가 열리며 여느 날에도 조석 예불을 빠트리지 않는다고 했다.

학교 식당에서 학생들과 함께 아침 공양을 했다. 흰밥에 녹두 죽 그리고 감자 반찬이다. 주지 스님 나왕 진바 라마, 기숙사 사감 선생인 미스 이스워리를 비롯한 교사들도 학생들과 같이 공양을 했다. 주지 스님에 의하면, '푹무체'라는 셰르파말은 '성스러운 어머니의 바위굴'이라는 뜻이다. 곰파 건물이 들어서기 전까지는 이 지역 여기저기 흩어져있는 바위굴이 승려들의 수도처였다고 한다. 나는 혹시나 싶어서 '피케'라는 산 이름에는 어떤 의미가 있는지 물었다. 스님은 자신 있게 대답했다.

– 이런 저런 이야기가 많지만 다 제각기 만든 이야기다. 피케는 그냥 피케일 뿐이다. 우리가 물을 물이라고 하 는 것처럼.

스님 대답을 음미하자니 '산은 산이고 물은 물이다'라는 성철 스님 법어가 생각났다. 그리고 나왕 진바 라마 스님 또한 고승일 지도 모른다는 생각이 들었다. 그동안 돌아본 몇 군데 큰절 주지 스님들은 절을 비우고 카트만두로 나가산 지 이미 오래인데, 이 스님은 산중에 학교를 설립하여 가난한 집 자식들을 데려다가 먹이고 가르치는 자비를 실천하고 있지 않은가?

오전 10시 30분, 이 학교의 교복인 티베트 승려 복장의 남학생이 법당 입구에 매단 종을 쳐서 곧 법회가 시작됨을 알렸다. 휴일이라서 빨래도 하고, 머리도 감고, 햇볕을 쬐며, 장난도 치던 남녀 학생들이 슬슬 법당으로 모여들었다. 교복이 티베트 불교의 승려

복장이고 머리도 삭발을 하고 있어서 많은 학생들이 스님처럼 보였지만, 모두가 계를 받은 것은 아니었다. 또한 휴일에는 교복 입기를 강요하지 않는 것 같았다. 여학생과 어린 학생들 중에는 평복 차림인 채로 법당에 온 학생도 많았다.

주지 스님이 가사를 수垂하고 들어와 삼존불을 모신 불단 오른쪽 밑에 있는 좌대에 좌정하고, 그 아래 자리에 학교 설립 때부터 15년 동안 불교학 교사로 근속한 겔부 셰르파가 앉자, 승려 복장의 학생들이 법고를 두드리고 긴 나발을 불며 정월대보름 법회를 시작했다. 비록 법당은 작아도 전통에 따른 법식을 제대로 갖추었으며 지극한 신심으로 부처님을 우러르는 착한 불자들로 가득 차 있어서 큰절 못지않게 장엄한 법회가 이루어졌다.

푹무체 곰파가 이렇듯 번성하게 된 것은 독일인 부부와 15년 전에 맺은 인연을 무시할 수 없을 것 같다. 독일인 부부는 그해 여름에 푹무체 곰파에서 이틀 거리에 있는 룸불히말의 베이스캠프로 트레킹을 갔다가 하산하던 중 폭우를 만나 이곳 곰파를 찾았다. 곰파에는 지금의 주지 스님 나왕 진바 라마 혼자 있었는데, 비가 그치지 않고 계속 퍼붓는 바람에 뜻하지 않게 독일인 부부와 함께 여러 날을 지냈다.

남편은 대학 교수였고, 부인은 고등학교 교사였다. 그리고 불교 신자였다. 독일인 부부는 푹무체 곰파를 떠나면서 곰파를 위해 무언가 도움을 주고 싶다고 했다. 나왕 진바 라마는 늘 바라마지 않던 바를 담담하게 이야기했다. 곰파에 학교를 개설하여 가난한 학생들을 데려다 가르치고 싶다는 것이었다. 독일인 부부는 학교 운영비를 지원하는 방안을 연구해보기로 약속하고 독일로 돌아갔다. 그리고 그해 겨울에 약속을 지키기 위해 다시 푹무체 곰파를 찾았다.

부부는 독일에 돌아가 자신을 포함한 40명의 정회원을 모아 협회를 만들었다. 지금의 'Phugmoche Nepal Association'이 바로 그 단체다. 이들은 현재 연간 3만 6000달러 정도를 푹무체 학교에 기탁하고 있다. 정회원 한 명이 일 년에 약 900달러를 부담하는데, 정회원은 다시 각자 주변 친지들로부터 모금하여 협회로 보낸다고 했다.

이 학교는 이름 그대로 불교 학교지만, 반드시 불교도이거나 종족이 셰르파여야만 하는 건 아니다. 체트리, 라이, 따망, 림부 등 다양한 종족의 아이들이 입학할 수 있다. 학생 수는 모두 108명. 이중 일흔 명은 수업료 및 숙식비 전액을 면제받는다. 이들은 아버지가 없거나, 양친이 모두 없거나, 로컬 식당 등에서 급여 없이 일하며 얹혀사는 어린이들이었다. 나머지 서른여덟 명은 집에서 통학하며 소정의 학비와 급식비를 내는 어린이다. 이 서른여덟 명은 푹무체 바로 밑에 있는 마을인 팡가르마 그리고 인접한 머풍과 숨징마 마을의 어린이들이다.

2003년에 우연히 들렸던 일본인 부부도 이 학교의 설립 취지나 운영 방식에 감동하여 교사를 짓는 데 쓰라고 120만 루피(약 1만 7000달러)를 희사했다. 일본인 부부의 희사금과 주민들의 노역으로 2006년에 완공한 새 교사에는 교실 7개와 교무실 1개 등 모두 8개의 방이 있고, 수세식 화장실이 부속 건물로 붙어있다. 학생들은 현재 새 교실에서 수업을 받고 있으며, 곰파 위에 있던 오래된 교사는 기숙사, 도서실, 식당, 세미나실 등으로 쓰이고 있다.

학생 수는 더 이상 늘리지 못하는 실정이라고 했다. 학교 부지가 한정되어있어 교실을 더 이상 지을 수가 없기 때문이다. 최소한 현재의 학생 수를 유지하는 학교가 되기 위해서는 독일 재단의 꾸준한 지원이 필요한데, 애너리자 부부가 이제는 칠순이 머지않은 노인이라 장래가 불투명하다고 했다.

학교에 종사하는 직원으로는 우선 열세 명의 교사들이 있고, 세 명의 주방 일을 하는 사람, 한 명의 목수가 있다. 그리고 35킬로와트짜리 수력발전기를 도입한 이래 전기기사 두 명도 상근하고 있다. 이 전기는 팡가르마를 비롯한 인근 마을에도 무료로 공급되고 있는데, 장차 소정의 전기 요금을 징수할 계획이라고 했다. 전기 요금을 징수하면 학교 재정이 조금 호전될 수 있지만, 아직은 시기상조라고 했다.

우리가 곰파를 떠날 때까지 법당에서는 법회가 계속되고 있었다. 법회 도중에 스님들과 학생들에게 찻잔을 돌리고 커다란 주전자에 담은 소찌아를 나누기에 법회를 마치는 줄 알고 법당을 나왔는데, 다시 징을 치고 경을 읽었다. 기왕에 들렀던 킹쿠르딩 곰파나 똘루 곰파 등 이 지역의 많은 곰파가 텅 빈 채로 퇴락되어가는 모습을 보고 실망하던 중 푹무체 곰파에서 운영하고 있는 학교와 진지한 법회가 이루어지고 있음을 보니 흐뭇했다. 농부가 씨앗을 아끼고 갈무리하듯이 독일과 네팔의 불자와 스님들이 보살피고 가르치는 이 어린이들이 장차 히말라야 전역을 '꽃피는 산골'로 만들 것이라는 생각도 들었다.

한걸음 더 나아가서, 우리 한국인도 독일인들처럼 후원회를 만들어 히말라야의 어느 퇴락한 곰파에서 개설하는 학교를 후원할 수 있겠구나 싶기도 했다. 그런데 불과 며칠 후, 귀로에 우연히 방문한 데우라리의 토둥 곰파에서 풉무체 학교와 같은 취지로 작년에 1학년 학급을 개설했음을 알게 되었다.

붉은 물감을 얼굴에 뿌리는
호리 축제

가이드북에 의하면, 준베시는 남체로 가는 길목의 셰르파 마을 가운데 가장 쾌적한 마을이라고 했다. 맛있고 신선한 빵과 피자, 사과 주스와 사과술이 있다고도 했다. 그러나 그런 메뉴들이 있음을 알리는 영문 안내판이 붙어있는 준베시의 서양식 롯지는 대부분 문을 닫은 채 퇴락해있었다. 성수기아니기도 했거니와 이른바 '해방구'였던 지난 3년 동안 외국인 관광객의 발길이 뚝 끊겼기 때문이다. 우리가 본 외국인은 팡가르마에서 오는 길에 본 툽텐체링 곰파에 다녀오는 서양 젊은이들 한 쌍뿐이었다.

다가올 총선을 무난히 치른 후 네팔 정국이 안정되면, 준베시는 다시 관광 명소로 각광 받게 될 것이다. 한나절 거리에 국내선 공항이 있고, 쿰부로 가는 길목이며, 피케 영봉과 설산 룸불히말로 접근하는 기점이기 때문이다. 또한 툽텐체링 곰파와 체왕 곰파 등 유명한 사찰도 가까이 있다. 이 지역 주민자치단체는 정부 관광청의 지원을 받아 피케 영봉과 룸불히말의 베이스캠프를 둘러보는 패키지 트레킹을 각종 신문과 포스터를 통해 광고하고 있었다.

팡가르마에서 하루 자고 이튿날 품무체를 돌아본 우리는 비교적 번듯한 롯지에 여장을 풀었다. 다음 날 넘어야 할 고개 람주라라(해발고도 3530미터)가 만만치 않아 걷는 시간을 조금이라도 줄이고, 앙 마야네 친정 식구들에게 폐를 끼치지 않으며 푹 쉬기 위해서였다. 그런데 이날은 힌두의 시바 신과 관련된 호리hori 축제가 있는 날이어서 거리가 소란스러웠다. 특히 남녀 학생들은 붉은 물감을 물에 타거나 붉은 가루가 든 봉지에 들고 다니면서 서로의 얼굴과 옷에 뿌리거나 문지르는 장난을 하고 있었다. 여장을 푼 뒤 마을을 한 바퀴 돌아볼 생각은 접었다. 전에 다르질링에 살 때 경험한 바에 의하면, 호리 축제 때는 대마에서 추출한 환각제의 일종인 '방'을 먹고 광분한 상태이기 때문에 외국인에게도 마구 물감을 뿌려댄다.

불교도인 셰르파 마을에도 힌두의 이러한 풍습이 들어온 것은 네팔이 힌두를 국교로 표방한 유일한 국가였기 때문이다. 최근 게넨드라 왕이 물러나고 공화국이 되면서 더 이상 힌두 국가가 아니지만, 힌두교도들이 여전히 이 나라의 지배 세력으로 활동하는 한 힌두의 풍습은 젊은 세대를 통해 산중의 셰르파 마을에도 점점 깊이 침투할 것이다. 물론 불교의 계율과 풍습을 굳게 지키는 사람이 아직 많이 남아있다. 팡가르마에 사는 앙 마야의 어머니는 물론이요, 롯지의 셰르파니도 그런 여인이었다.

그녀는 식당에서 육류도 팔지 않았다. 산중이라 육류를 팔거나 먹으려면 직접 도살하거나 남에게 도살을 시켜야 하는 실정인데, 이는 계율에 어긋나기 때문에 아예 취급을 안 한다고 했다. 술은 왜 파느냐고 했더니 이곳 셰르파들의 풍습이기 때문에 어쩔 수

없이 팔지, 자기네 식구는 별로 좋아하지 않는다고 했다. 그 말을 들으니 어쩐지 옥수수 막걸리 맛이 다른 집보다 못하다는 생각이 들었다. 또한 그 기품 있어 보이는 셰르파니는 식탁에 앉아서 담배 피워도 되냐고 물었더니, 될 수 있으면 밖에서 피워달라고 했다. 전날 남겔네 집에서 내가 담배를 피워도 되겠냐고 물었을 때 남겔은 이렇게 대답했었다.

    – 아직 이 방에서 담배를 피운 사람은 없었지만, 엉클이 피우고 싶다면 한 대 태우세요.

이 말을 듣고서 태연하게 담뱃불을 댕길 수는 없었다. 밖에 나가야 했다. 춥고 바람 부는 마당에서 담배를 피우며 생각해보니, 그동안 내가 묵었던 거의 모든 셰르파 호텔에서 담배를 피운 건 나 혼자였다.

람주라라를 향해 언덕을 오르자 발밑에 준베시가 보이고 푸른 하늘과 설산이 보였다. 지도를 살펴보니 룸불히말이었다. 푹무체에 학교를 세운 독일인 부부가 맨 처음 인연을 맺게 된 것이 바로 룸불히말 베이스캠프 트레킹 때문이었다고 생각하니, 룸불히말도 예사롭지 않게 느껴졌다. 룸불히말을 향해 합장했다.

랄리구라스 꽃이 일제히 핀
길모퉁이에 락시미

다음 날 아침 7시 조금 넘어서 준베시를 떠나 람주라라 마루턱에 도착한 시간은 11시 30분이었다. 자주 쉬었으며, 눈길이 미끄러워 조심조심 걷느라고 네 시간이나 걸렸다. 심한 바람에 찢어지며 펄럭이는 타르초(불교 경전이 적힌 깃발)와 길게 늘어선 돌탑들이 솔루쿰부를 벗어나 라메찹 지역으로 들어서는 관문임을 알리는 고 갯마루의 주막집은 눈 속에 파묻힌 형국이었는데, 그 속에는 여덟 명이나 되는 짐꾼이 밥을 기다리고 있었다. 우리 밥은 이들의 밥

을 다 지은 후에 다시 짓느라 긴 시간을 기다려야 했다. 이 주막집의 부뚜막 벽에는 커다란 사발에 밥이 가득 담긴 그림이 흰 흙으로 그려져있었는데, 밥이나마 배불리 먹고 싶다는 소박한 소원을 담은 주술적 표현 같았다.

람주라라 상공에는 카트만두와 루클라를 잇는 비행기들이 분주히 오가고 있었다. 며칠 동안 날씨가 안 좋아서 비행기가 못 뜨는 바람에 루클라 공항에는 많은 승객들이 몰려있었던 것이다. 총누리는 사오 년 전에 카트만두에서 루클라로 가던 비행기가 이곳 상공에서 추락하여 승무원과 승객 열다섯 명 전원이 사망한 적이 있다고 했다. 기상이 비행 조건에 안 맞으면 비행기를 띄우지 않는데도 그런 사고가 일어나는 것은 대부분 갑작스런 기상 변화가 원인이라고 했다.

람주라라에서 점심을 먹고 나자 12시 30분이었다. 고갯마루에서 마을은 그리 멀지 않았으나, 짐꾼들이 다니면서 다져 놓은 눈길이 비좁고 미끄러워 조심조심 걷지 않으면 안 되었다. 또한 무거운 짐을 진 짐꾼들이 맞은편에서 다가오면 한쪽으로 비켜줘야 했는데, 눈길 밖에 쌓인 눈은 허벅지나 허리까지 빠질 정도로 깊어서 한번 빠지면 발을 빼기조차 힘들었다.

람주라 마을에서는 피케 영봉이 잘 보였다. 실제 지형과 지도를 놓고 대조해보니, 피케는 북쪽 룸불히말에서 남쪽으로 뻗어온 제일 큰 산줄기가 람주라라 고개를 지나면서 우뚝 치솟아 두 개의 높은 봉우리를 이루었다가 오컬둥가 지방으로 뻗어가며 용트림하고 있었다. 이렇게 뻗어간 피케 주능선은 동쪽 솔루쿰부와 서쪽 라메찹의 경계를 이루는 것이었다.

온통 눈 속에 파묻힌 람주라라 마을의 어느 2층 롯지 앞에는 피케 정상까지 왕복 5시간 30분에 안내해준다는 영문 안내판이 있었다. 이 안내판에는 피케에 다녀오는 도중에 먹을 점심 도시락도 준비해준다고 덧붙이고 있었다. 폭설로 눈이 허리까지 빠지는 길이라 온종일 걸어도 어려울 것 같았다. 총누리는 눈이 전혀 없어도 왕복 5시간 30분에 피케 정상에 다녀온다는 건 무리라면서 안내판을 나무랐다. 그는 내가 안내판을 믿고 피케 정상에 가자고 할까봐 걱정되는 모양이다.

오후가 되자 구름이 모이더니 흐려지기 시작했다. 람주라라 마을에서 닥추 마을로 내려가는 눈길에서, 그리고 닥추에서 고옘으로 내려가는 눈 녹은 길에서 각각 한두 팀씩 모두 두세 팀 정도의 서양 남녀 트레킹 팀을 만났다. 그들은 이날 람주라라 마을에서 자고 다음 날 고개를 넘어 준베시로 간다고 했다. 네팔인 가이드에 의하면, 이들은 지리에서 출발했으며 대부분 에베레스트 베이스캠프 또는 깔라파딸이 목표고, 돌아오는 길에는 루클라에서 비행기를 탈 예정이라고 했다. 그리고 여기에 소요되는 예상 일정은 모두 23일이라고 했다.

경사가 급한 내리막길로 닥추, 고옘을 거쳐 세테에 도착한 시간은 4시경이었다. 람주라라보다 1000미터 정도 낮은 고옘과 세테에는 눈이 없었다. 솔루쿰부 게스트하우스에 여장을 풀었다. 서

양 사람들이 많이 이용하는 여인숙이었다. 목조 건물 2층은 숙소, 아래층은 식당인데, 식당의 탁자에 영문 소설책이 여러 권 쌓여있었다. 마당에서 서쪽으로 마주 보이는 능선이 우리가 순례 이튿날에 통과한 데우라리 능선이었다. 데우라리 밑은 반달, 반달은 우리가 순례 첫날 술 취해서 그냥 통과한 마을이었다. 다음날 점심을 반달에서 먹고, 저녁에는 데우라리 반장에 도착하게 됐으니 우리의 순례는 어느덧 마무리 단계로 접어들었다.

삼십 대 중반의 여인숙 주인 카르마 셰르파는 열세 살 때부터 십여 년간 포터 생활을 했다는데, 한참 잘 걸을 때는 아침 6시에 루클라를 출발하여 저녁 8시에 세테의 집에 도착했다고 한다. 보통의 트레커들이 3박 4일에 걷는 길을 당일에 걷는다는 셰르파들에 관한 이야기를 들어보긴 했지만 직접 만나보기는 처음이었다.

그는 말을 두 필 기르고 있는데, 지리로부터 식량 등 물품을 운반하기도 하고 손님을 태워주기도 한다. 손님을 태울 경우 세테에서 람주라라까지 3000루피를 받는다고 했다. 그는 손님을 피케 정상까지 태워준 적도 있다고 했는데, 그때 얼마를 받았는지는 기억나지 않는다고 했다. 말은 독일인 후원자가 사준 것이라 했다. 독일인은 카르마 셰르파의 아들을 카트만두에 기숙사가 있는 학교로 옮기고 매달 장학금을 보내주고 있다고도 했다.

다음날 새벽에 본 풍경이 오래 기억에 남는다. 솜이불 같은 운해 위에 거대한 섬처럼 떠있는 데우라리 능선으로 하현달이 지고, 하늘 가운데는 아직 몇 개의 별들이 남아서 글썽이는 풍경이었다.

이날 아침 식사는 지난밤에 산 밑에서 올라와 우리 옆방에서 잔 중년의 체트리 아낙네와 소녀가 같이했다. 아낙네는 준베시로 가기 위해 람주라라를 향하여 올라가는 중이었으며, 소녀는 아낙네의 짐을 들어주느라 같이 올라온 것이었다. 아침 식사 후 우리와 함께 하산하게 된 소녀의 이름은 락시미 바스넷, 열일곱 살이라고 했다. 바스넷은 체트리의 성이었다. 보통 셰르파와 체트리는 잘 안 어울리는데, 이 소녀는 붙임성이 좋아서 여인숙의 셰르파니를 아주머니라고 부르고 부엌일도 거들었다. 무뚝뚝한 총누리도 락시미가 말을 붙이면 잘 받아주었다.

락시미와 우리는 세테에서 겐자로 내려오는 동안 앞서거니 뒤서거니 하며 동행했다. 고지대에서 저지대로 비탈이 심한 길을 내려오다보니 땀이 흘렀다. 하루 전만 해도 눈 속에서 추위에 떨었는데 어느새 꽃 피는 봄이고, 햇살은 여름처럼 뜨거웠다. 길가의 랄리구라스가 드문드문 붉고 탐스런 꽃망울을 맺고 있었다.

세테 가까이 내려와서 훌쩍 앞질러 간 락시미가 길가 가게에서 기다리고 있었다. 총누리는 그 가게에서 라면을 시켰다. 아침에 카르마 셰르파의 집에서 차 마실 때 나온 티베탄 브레드는 반죽도 잘못되었을 뿐더러 좋지 않은 기름으로 튀겨서 배탈이 날까 염려되어 먹다 말았다고 했다. 우리는 라면을 먹은 후 밝고 따스한 햇살 속에서 머리를 감고 이도 닦았다. 락시미도 긴 머리를 풀어 비누 거품을 내가며 머리를 감은 후 햇살에 말렸다.

겐자는 며칠 묵어가도 좋은 동네였다. 두 개의 강이 합류하는 곳이라서 주변 경관이 좋으며 큼직한 롯지도 여럿 있었다. 어느새 머리를 곱게 빗은 락시미는 나에게 사진을 찍어달라며 제법 배우 같은 포즈를 잡았다. 나는 웃으라고 했지만 락시미는 웃지 않았다. 그냥 자기가 연출하고 있는 표정을 그대로 찍어달라고 했다. 그래서 여러 장의 사진을 찍었다. 겐자의 가게에서 일어설 때, 락시미는 내 배낭을 들러멨다. 거들어주겠다는 뜻이었다. 안 된다, 이리 내라 해도 말을 안 듣더니, 튼튼한 어른이 어린 소녀에게 배낭을 지게 하면 나쁜 사람이 된다고 하자 어쩔 수 없다는 듯 배낭을 벗어서 내게 건네주었다.

겐자 동구에는 마오이스트 공산당이 세운 아치형 문이 있었는데 거기에는 낫과 망치를 겹쳐 놓은 공산당 심벌과 '우리는 반드시 승리한다'는 구호가 붉은 페인트로 칠해져있었다. 바로 앞에는 총을 들고 서성이는 전투 경찰들의 초소가 있었다. 이는 마오이스트 공산당과 경찰이 공존한다는 이야기였다. 이들의 공존 상태가 잠정적인 것이 아니라 항구적 평화로 건너가는 징검다리이기를 빌었다.

다리를 연거푸 두 번 건너고 산허리를 에둘러 기나긴 오르막을 오르다보니 탐스러운 붉은 꽃을 가득 피운 랄리구라스 나무가 서있고, 그 밑에 앞서간 락시미가 앉아서 우리를 기다리고 있었다. 가까이 가자 락시미는 길가에 있는 허름한 집을 가리키며 더히(요구르트의 일종)를 파는 집이라고 알려줬다. 더히를 두 컵씩 사 먹었다. 아주 시원하고 맛있었다.

길을 따라 내려가면 내려갈수록 랄리구라스 꽃이 점점 탐스러워졌다. 길 아래로 흐르는 시냇물을 거슬러 눈을 들면 우리가 묵었던 세테 마을이 새둥지처럼 보이고 그 위로 우리가 넘어온 람주라라도 희끗하게 보였다. 목을 돌려 남쪽으로 시선을 옮기면 흰 눈 쌓인 피케가 보였다.

또 다시 나풀나풀 나비처럼 가볍게 앞서가던 락시미는 초파일절가는 길에 걸린 연등처럼 랄리구라스 꽃이 일제히 핀 길모퉁이에 멈춰서서 우리를 기다리고 있었다. 그 모퉁이를 돌자 대여섯 채의 작고 허름한 판잣집이 줄지어있었다. 밤띠라는 동네인데, 길가에 맨 첫 번째 집이 락시미의 집이었다. 락시미는 밥해줄 테니 먹고 가라며 손을 잡아끌었다. 이 꽃피는 산골에서 락시미가 해주는 밥을 먹고 싶었는데, 총누리가 조금만 더 가면 큰 식당이 나온다며 말렸다.

아까 찍은 사진을 보내줄 락시미의 주소를 적고 손을 흔들며 작별하는데, 길가에 탁자를 놓고 앉아있던 아낙네 가운데 하나가 나에게 농담을 던졌다.

— 요 깐치 따바이꼬 데스마 라헤라 비아 거르누스.

아낙네들이 일제히 까르르 웃었고 락시미는 그 아낙들에게 눈을 흘겼다. 아낙의 농담은 '이 소녀를 당신 나라에 데려가 결혼하세요' 라는 뜻이었다. 그들은 아마 내가 네팔말을 전혀 모르는 줄

알았을 것이다. 또한 내가 상처한 홀아비인 줄도 몰랐을 것이다.

'밥이라도 같이 먹을 것을……' 하는 아쉬움을 떨쳐내면서 반 시간쯤 더 걸어 창마라는 곳에 이르렀다. 보우다 탑이 서있고 탑 주변에는 커다란 롯지들이 있었다. 총누리는 나를 셰르파니가 주 인인 붓다 롯지로 안내하고서 달밧과 함께 오믈렛을 주문했다. 그 런데 달걀이 상한 것 같았다. 밥 먹고 일어서서 10분쯤 걸었을 때 얼굴과 목에 두드러기가 돋았다. 그리고 으슬으슬한 느낌이 들었 다. 전에도 산중 허름한 롯지에서 계란을 먹고 두드러기가 생겨

여러 날 고생한 일이 퍼뜩 떠올라 걸음을 멈추고 배낭에서 약주머니를 꺼냈다.

약주머니의 약들은 우리가 카트만두에 살았던 2004년 늦가을에 쿰부 순례를 마치고 귀국하는 여행자에게서 받아 책장 위에 놓아둔 것이었다. 약주머니 속에는 벌레 물린 데 바르는 물약, 진통제, 소화제, 지사제, 항생제, 머큐롬, 소독용 알코올, 안연고 그리고 입술 주변에 물집이 생겼을 때 바르는 연고 등과 함께 약국에서 조제한 약이 가득 든 두툼한 약 봉투도 있었다. 그 약 봉투 겉면에는 '식중독으로 두드러기가 날 때 하루 세 번'이라는 큼직한 사인펜 글씨가 적혀있었다. 봉지를 찢고 속에 든 조그만 알약을 살펴보니 거의 3년이 지났음에도 약이 변질된 흔적이 없기에 한 봉지 털어넣었다.

총누리가 무슨 약을 먹는지를 묻기에 얼굴과 목에 생긴 두드러기를 보여주었다. 그리고 총누리에게도 두드러기가 나는지를 살폈으나 그는 이상이 없었다. 내가 먹은 계란만 상한 것이었거나, 내가 너무 민감하기 때문일 것이다. 다시 걷기 시작하여 10분이 지났을 때, 갑자기 설사가 나오려고 했다. 급히 배낭을 벗고 비탈진 숲으로 들어갔다. 아슬아슬했다. 몇 초만 늦었어도 곤욕을 치를 뻔했다. 그런데 그 뒤로는 더 이상 두드러기가 생기지 않았다. 다행이었다.

데우라리에 도착하자 오후 4시였다. 여드레 동안에 걸쳐 피케를 시계 반대 방향으로 한 바퀴 돌고서 제자리로 돌아온 것이었다.

총누리는 전에 잠시 들러 락시를 마셨던 셰르파 호텔에 여장을 풀고자 했다. 총누리의 체면을 봐주기 위해 일단 셰르파 호텔로 가서 2층의 손님방들을 점검해 보았으나 너무 너절해서 되돌아나왔다. 나는 시무룩해진 총누리를 데리고 데우라리 능선의 롯지들 중에서 가장 큰 라마 게스트하우스로 갔다. 수세식 화장실이 있고, 그 화장실에서 샤워를 할 수 있게 해놨으며 큼직한 거울도 걸려있었다. 2층의 손님방도 모두 깨끗했다. 나무로 만든 싱글 침대 두 개가 놓인 방에 여장을 풀고서 부엌에 내려가 뜨거운 물을 한 양동이 얻어다가 오랜만에 샤워를 했다.

저녁에 아래층 식당 화덕 앞에 앉아 구운 감자를 안주로 락시를 마셨다. 총누리는 앙 도로지에게 전화를 걸려고 시도했으나 불통이었다. 총누리는 전화가 있는 곳이면 어디서나 전화를 걸었는데, 비행장 마을인 파부루부터는 가는 곳마다 전화가 불통이었다.

총누리가 들은 바에 의하면, 곧 마오이스트들에 의한 파업이 있을 예정이라고 했다. 그래서 그 날짜가 정확히 언제인지를 알아보려고 전화를 건다고 했다. 그때 아주 어린 소녀가 들어왔는데, 허리춤에 쿠쿠리(네팔 남성들이 사용하는 단검으로 크고 오목하다)를 지니고 있었다. 주인 아낙에게 '당신의 딸이냐'고 물으니 크게 웃었다. 머리가 길어서 소녀처럼 보였지만 소년이었다. 허드렛일을 시키며 기르는 남의 자식이었다. 이름은 푸루나 바하둘 따망, 열두 살이라고 했다. 주인 아낙이 데려다 기르는 또 다른 소녀가 있었는데 열세 살로 다와 겔무 셰르파였다. 주인 아낙에 의하면 소녀는 쿠쿠리를 지니지 못한다. 대신 소녀는 하세라고 부르는 조그만 낫을 지닌다. 주인 아낙의 친자식들은 카트만두에서 기숙사 학교를 다닌다고 했다.

밤이 되자 많은 나그네들이 식당에 모여들었다. 맨 먼저 도착한 나그네는 카트만두에서 아침 6시에 출발하는 직통 버스를 타고 오후 1시 30분에 지리에 도착하여 줄곧 걸어온 사람들이었다. 그들은 먼저 뜨거운 차를 마셨다. 차는 롯지에서 미리 만들어 보온병에 담아두기에 손님들이 자리에 앉자마자 나온다. 손님들이 차를 마시는 동안 주인 아낙은 밥을 짓고 반찬거리를 준비한다.

그 뒤에 온 나그네 가운데 한 젊은이가 나에게 '엉클, 너머스떼' 하고 인사를 했다. 벙거지를 눈썹까지 눌러쓰고 있어서 몰랐는데, 그는 소풍의 주방장 앙 마야 셰르파의 조카였다. 이름은 잊었지만 소풍에서 자주 봤던 초급대학 학생이었다. 그는 카트만두에 사는 고향 사람들과 함께 패를 지어 준베시로 주민등록증을 만들러 가는 길이라고 했다. 그는 주민등록을 해야 10월에 있을 총선의 투표권을 얻는다고 했다.

밤 9시가 되어서야 밥이 나왔다. 나그네들이 식당 가득히 둘러앉아서 넓적한 접시에 담긴 김 나는 밥을 먹는 모습이 무슨 의식을 치르는 것처럼 숙연해보였다. 주방의 소녀와 아낙은 들통을 들고 나와서 거기 담긴 뜨거운 달(녹두죽)을 국자로 퍼서 밥 위에 얹어주었다. 나그네들은 대부분 배가 고팠는지 연거푸 퍼주는 밥을 사양치 않았다. 그러나 한 총각은 배탈이 심하다며 뜨거운 물만 마시더니 나에게 설사약이 있는지 물었다. 여행이 거의 끝났으므로, 그리고 내 약주머니 약을 더 오래 묵히지 않기 위해 두드러기 약만 빼고 설사약을 포함한 나머지 약을 주머니째 그들에게 주었다. 그리고 그 약이 무엇에 쓰며 어떻게 먹거나 바르는 약인지를 설명해주었다. 밤은 그렇게 깊어갔다.

토둥 곰파의
학교

다음날 아침에 앙 마야 셰르파의 조카 일행과 부엌에서 함께 차를 마셨다. 설사로 인해 어제 저녁을 굶은 총각은 그 약을 먹고 설사가 멎었다며 고마워했다. 그들은 차를 마신 뒤 곧장 고개를 내려갔지만 우리는 이제 서두를 일이 없었다. 우리는 주인 아낙에게 아침 식사를 10시경에 하겠다고 말하고 배낭은 방에 두고 문을 잠근 뒤 토둥 곰파를 향해 걸었다.

　토둥 곰파는 데우라리 언덕에서 북쪽으로 이어진 능선 위에 있는 오래된 곰파였다. 우리가 묵은 롯지의 셰르파니는 이 곰파에서는 작년부터 정식 학급을 열었다고 했는데, 나는 그 학급이 어떻게 운영되는지 보고 싶었다. 랄리구라스 숲 사이로 난 비탈진 오솔길을 오르다 보니 몇 개의 탑이 나왔고, 그 탑 앞에 서자 멀찍이 토둥 곰파의 일주문이 보였다. 탑에서 일주문에 이르는 호젓한 길에 피케 영봉의 우아한 자태가 구름 위로 떠오르고 있었다. 풍광을 바라보고, 카메라에 담느라 100미터 정도 밖에 안 되는 길이 좁혀지는 데 많은 시간이 걸렸다.

　일주문에 들어서자 피케 영봉을 향해 서있는 대웅전이 따스한 햇살을 가득 받고 있었다. 그리고 그 햇살 속에 있는 대웅전으로 오르는 계단이나 벽에 머리를 깎은 어린 동자들이 경을 읽고 있었다. 주지 나왕 초졸 스님도 마침 동승들과 함께 있었다. 햇볕에 익어 구릿빛이 도는 크고 둥근 얼굴의 스님은 내가 합장을 하자 빙그레 웃었는데, 그 웃음에서 덕망과 지혜가 엿보였다.

주지 스님은 토둥 곰파의 정식 명칭이 '통돌 삼텐 초링 곰파'라고 말했다. 이 곰파는 마을 사람들에 의해 60년 전에 지어졌고, 12년 전에 대대적인 수리를 했다. 현재 약 오십 명의 스님이 사는데, 그중 남자 스님이 십여 명, 여자 스님이 열다섯, 동승이 스물다섯 명이라고 했다. 그런데 동승들은 2006년에 이 절에서 설립한 초등학교 학생이기도 하다.

2006년에 아홉 명으로 시작하여, 2007년 올해는 스물다섯 명으로 늘어난 이 학교는 인근 마을의 셰르파 주민들이 만드는 기금으로 운영되고 있었다. 기금을 내는 육성회 회원은 현재 약 이백 명인데, 이 가운데 절반은 카트만두에 거주하는 셰르파라고 했다. 이들 카트만두의 셰르파들이 일 년에 1000~2000루피(약 15~30달러)씩 내서 모은 25만 루피(약 3500달러)와 약간의 정부 지원금이 이 학교의 1년 예산이라고 했다. 그런데 정부 지원금이 얼마냐고 물으니 5300루피(약 75달러)인데, 이는 정부가 책정한 한 명의 교사 연봉에 해당된다고 했다. 그러나 이 액수의 연봉을 받고 학생을 가르칠 교사는 구할 수가 없으므로 지역마다 기성회를 만들고 기금을 거두어서 교사 월급을 준다고 했다.

토둥 곰파의 학교를 위한 육성회는 두 개로 나뉘어있었다. 하나는 데우라리를 비롯한 인근 마을 셰르파 열한 명으로 구성되어 있고, 다른 하나는 카트만두에 사는 이 지역 출신 셰르파 열한 명으로 조직되어있다고 했다. 그리고 데우라리 육성회의 대표는 우리가 묵은 호텔, 즉 라마 게스트하우스의 주인장 바브 카지 셰르파라고 했다. 그를 만나 좀 더 자세한 이야기를 나누어보고 싶었는데, 출타 중이어서 수일이 지나야 돌아올 것이라고 했다. 그래서 카트만두로 돌아가서 그곳에 있는 육성회의 대표 앙 치링 셰르파를 만나보기로 하고 그의 연락처를 얻었다. 토둥 곰파 학교는 현재 주지 스님께서 불교만 가르치고 있는데, 한 달 뒤부터 교사가 와서 네팔어, 영어, 수학을 가르치며 해마다 한 학급씩 늘릴 예정이라고 했다.

주지 나왕 초졸 스님은 나를 자기 방에 초대했다. 천진하게 생긴 동승 둘이 따라들어와 차 시중을 들었다. 답례로 장학금 3000루피를 기탁하고 영수증을 받았다. 이번 순례 중 세 학교에 기탁한 장학금은 모두 9000루피였다. 예산이 늘 빠듯하여 500루피 이상은 엄두도 못 내던 장학금을 학교마다 3000루피씩 선뜻 내놓을 수 있었던 것은 아내의 명복을 비는 마음 때문이었다. 살아생전에 수많은 순례를 같이했던 그녀는 늘 여비를 덜어 학교에 기탁하고서 좀 더 많이 내지 못함을 안타까워했는데, 혼자 하는 이번 순례에는 여비가 넉넉했다. 출국 직전에 친구들이 보태준 여비도 적지 않았고, 카트만두에서 상봉한 이웃들의 조의금도 상당했다.

토둥 곰파의 일주문을 나와서 다시 만난 석탑들은 여전히 맑

은 햇살을 받고 있었다. 그러나 피케 영봉은 계곡에서 피어오른 안개에 덮여 희미한 윤곽만 간신히 보였다. 피케 영봉을 향한 첫 순례가 영봉에는 올라보지 못한 채 멀리 보면서 한 바퀴 돈 것으로 마친 것이 못내 아쉬웠다. 피케의 극치는 그 정상에서 한 눈에 조망하는 히말라야 설산들의 모습이라고 했기 때문이다.

데우라리 고개로 내려오니 10시가 좀 넘었는데 아침 준비는 안 되어있었다. 밥을 주문한 시간에 대지 못하는 게 미안했던지 주인 아낙은 남쪽 능선을 가리키며 조금만 올라가도 가오리상칼 히말이 잘 보인다고 알려줬다. 나는 가오리상칼 히말을 비행기에서만 보았다. 카트만두에서 루클라로 날아가는 비행기의 왼쪽 차창으로 몇 차례 스친 일이 있는 가오리상칼 히말은 포카라 쪽에 있는 마차푸차레 히말처럼 신성하게 여기는 성산聖山이어서 정상 등정이 금지되어있다고 들었다. 그런 성산을 데우라리 고개의 남쪽 능선에서 오래 조망하게 될지는 몰랐다.

카트만두에 돌아와 가이드북을 읽으면서 토둥 곰파에서 시바라야로 곧장 내려가는 능선 길이 있다는 사실을 알게 되었다. 총누리가 그 길을 알고 있었는지는 확실치 않지만, 만일 능선 길을 이용하여 시바라야로 하산했다면, 도중에 가오리상칼 히말을 비롯한 주변의 설산을 좀 더 자세히 조망할 수 있었다. 그러나 우리는 올 때처럼 시바라야 골짜기를 향하는 비탈길을 따라 걸었다. 올 때 못 본 랄리구라스가 비탈에 피어있었다. 만일 3월 중순이나 하순, 또는 4월 초순에만 왔어도 랄리구라스가 만개한 숲길을 걸어 피케 정상에 오를 수 있었다고 생각하니 아쉬움이 컸다.

　11시에 아침 겸 점심을 먹고 하산을 시작했는데, 시바라야에 도착한 시각은 오후 1시 30분이었다. 곧장 지리로 나가서 다음날 카트만두로 갈 수 있어서인지 더 걸어볼 마음이 안 났다. 서둘러 카트만두로 가야 할 이유도 없었기에 시바라야에서 쉬기로 했다. 열흘 전에 지나가면서 깔끔한 점심을 먹었던, 제비가 집을 짓고 새끼를 친 롯지에 여장을 풀었다. 강에 내려가 목욕을 해볼까 했는데, 바람이 심하게 불어서 포기했다.

가을을 기약하며
돌아오다

총누리는 건너편 가게에 전화가 있다며 카트만두로 연락을 시도하더니 전화가 된다고 알려줬다. 나도 소풍에 전화를 걸어 앙 뿌루바 셰르파에게 내가 이틀 후에 도착한다는 것을 알려주고 별일 없는지 물었다. 그러자 며칠 전에 나를 찾는 한국인 세 명이 소풍에 와서 맥주를 마시고 메모를 남겼다고 했다. 에베레스트 베이스캠프 트레킹을 마친 P와 그의 일행이었다.

롯지의 부엌에 들어가 아궁이에 타는 장작불을 보며 락시를 마셨다. 안주는 낭아꼬스쿠티(화덕 위에다 훈제한 물소 고기)를 기름에 볶아 고추를 곁들인 것이었다. 그런데 밖에 바람이 심한 탓인지 연기가 잘 빠지지 않아 눈이 매웠다.

식당으로 나왔더니 밖에서 악대들의 풍악 소리가 났다. 이 마을에 사는 신부를 데리러 온 신랑 측 악대였다. 악대는 대개 거나하게 취해있어서 연주와 춤에서 자연스러운 흥이 느껴졌다. 부자나 신분이 높은 집안에서 결혼식을 위해 고용한 전문 악대는 아닌 듯했다. 카트만두에서 벌어지는 결혼식에서는 대체로 전문적인 악대들을 고용하기 때문에 악대들이 술에 취해 하객과 자연스럽게 어울리는 일은 보기 어려웠기에 신선하게 느껴졌다.

　나도 덩달아 취기가 오를 즈음, 늙수그레한 서양 남자가 혼자 커다란 배낭을 메고 식당에 들어서서 방을 찾았고 주인 딸이 그를 2층 숙소로 안내했다. 여장을 풀고 밥을 먹으러 식당에 내려온 그는 나더러 일본인이냐고 물었다. 독일인이라는 그는 깔라파딸(해발고도 5550미터, 에베레스트 베이스캠프 부근의 작은 봉우리)로 가는 중이라며 우리가 마시는 술과 안주에 관심을 보이고 먹을 만하냐고 묻기도 했다. 그는 이번 순례에서 짧은 대화나마 나누어본 처음이자 마지막 서양인이었다.

　롯지의 주인 앙 리마 셰르파는 롯지를 운영하는 한편 일본인
단체에 네팔 전통 종이를 납품하는 일도 하고 있었다. 일본인 단
체는 시바라야 마을에 두 사람의 전통 종이 원료 납품업자를 선정
하였는데, 그중 한 사람이 앙 리마 셰르파였다. 그는 내게 일본인
단체가 이 마을에서 생산한 네팔 전통 종이로 일본에서 만든 달력
을 보여주었다.

　앙 리마 셰르파에 의하면, 일본인들은 그 달력을 팔아서 생긴
이익금을 해마다 원료 구입에 재투자하는 방식으로 시바라야 마

을을 돕고 있었다. 앙 리마 셰르파는 한국인도 일본인처럼 시바라야의 전통 종이 원료를 수입하여 달력을 만들어 파는 일로 시바라야 마을의 종이 산업을 도와주기를 바랐다. 그리하여 나를 종이 원료 생산 현장인 시냇가로 안내했다. 시냇가에서는 남자들이 종이 원료가 되는 나무의 껍질을 벗겨 시냇물에 씻어서 덕장에 널어 말리고 있었다. 말린 원료를 임시로 저장하는 창고도 보여주었다. 시냇가에서 놀던 아이들이 사진 찍는 내 뒤를 졸졸 따라다녔다.

이튿날인 3월 7일에 지리로 나왔다. 총누리는 타파팅에서 묵자고 했으나 내 발걸음은 체르둥 롯지로 향했다. 샤워를 하고 깨끗한 방에서 자고 싶었다.

다음 날 버스를 타고 카트만두로 돌아왔다. 순례는 무사히 마쳤지만 피케 정상에 올라보지 못한 것은 끝내 유감이었다. 눈이 녹기를 기다려 피케 주변 숲에 랄리구라스 꽃이 지천으로 피어난다는 4월 초순에 다시 갈 생각도 해봤다. 그러나 장남인 내가 어머니의 팔순에 집에 없다는 것은 어머니를 우울하게 해 드릴 수 있는 문제였다. 결국 가을에 다시 오는 것이 무난하다는 결론을 내리고 귀국했다.

모닥불 속에

모닥불 속에 집이 있네
꺼져가는 모닥불 속에 집이 있네
밤이슬에 젖는 어깨는 시려도
불빛 안은 가슴은 따스하구나
불알이 익었다 식고 밤이 깊으면
우스갯소리도 싱거워
칠성별은 산 너머 주막집에 술 푸러 가고
우리들 이마는 모닥불 속으로 모이네
꺼져가는 모닥불 속
고향집 가는 길로 모이네

새로운 길동무,
총누리의 삼촌 '앙 다와'

귀국하여 두 번째 순례를 계획하고 있을 때 사진가 김희수 선생이 한두 달 시간이 있으니 네팔에 데려가달라고 했다. 산에 가자면 산에 가고, 들에 가자면 들에 가고, 군소리 없이 따라다니겠으니 무조건 데려가달라고 했다. 사진 학원을 운영하면서 대학에 강의도 나가는 김 선생과 나는 젊은 시절 같은 잡지사 기자로 일하면서 국내 여러 지방으로 취재 여행을 다녔다. 그 시절 취재 여행을 통해서 김 선생에게 사진에 관해서도 많이 배웠는데, 이번에는 디지털 카메라에 대해서 배울 아주 좋은 기회이기도 했다.

기쁜 마음으로 김 선생을 피케 순례에 초대했다. 김 선생은 배가 나오고 있다며 뱃살을 빼기 위해서라도 걸어야 하니 많이 걷게 해달라고 했다. 나는 3~4주 정도만 씩씩하게 걸어도 10킬로그램 정도 빠진다고 장담하며, 순례 일정도 3~4주 정도로 잡았다.

새벽 4시에 일어나 배낭을 꾸렸다. 우리가 꾸린 배낭은 모두 세 개. 두 개는 김 선생과 내가 멜 것이고, 다른 하나는 우리의 길동무 앙 다와 셰르파가 멜 것이었다. 오리털 파카, 오리털 침낭 등 '새털같이 가벼운 것들'만 들어있는 우리의 배낭은 부피만 컸지 무게는 별 것 아닌데 비해 앙 다와 셰르파에게 맡길 배낭의 부피는 우리와 같을지언정 무게는 두 배가 넘었다. 그 배낭에는 김 선생과 내가 함께 쓸 배터리와 비상식량 등 무거운 것만 골라 담았을 뿐만 아니라 타멜에서 구입한 2인용 텐트까지 매달려있었다.

내가 메보니 어깨를 누르며 매달리는 중량이 최소한 20킬로그램은 될 것 같았다. 애당초 우리 계획은 생존을 위한 최소한의 행장을 꾸려서 우리가 직접 짊어지고 걷는 것이었다. 힘들면 힘든 대로 세월아 네월아 쉬엄쉬엄 걸으면 되지 않겠냐는 발상이었다. 만일 현지인을 고용하면 하루하루 나가는 인건비가 아까워서 경치 좋고 인심 좋은 동네를 만나도 며칠 푹 쉴 엄두가 안 난다는 것도 이유였다. 게다가 나는 지난봄에 이미 2주에 걸친 피케 순례 경험이 있지 않은가? 그런데, 눈이 올 가능성에 대비하지 않을 수 없었다. 해발 4000미터 가량의 피케 고원 지대에는 빠르면 10월 하순, 또는 11월 초순에도 큰 눈이 올 가능성이 있다. 그리고 그 지역은 행인이 뜸한 지역이어서 눈이 오면 길을 찾기 어렵다는 점도 불안했다. 나는 그렇다 쳐도 김 선생은 초보자였기에 불안했다. 결국 '빌라 에베레스트'로 가서 지배인 앙 도로지를 통해 지난봄 순례를 같이한 총누리를 수배해보니, 그는 이미 다른 곳으로 트레킹을 떠난 후여서 총누리의 삼촌 앙 다와 셰르파를 소개 받았다.

뼈대는 굵지만 몸매는 날씬한 올해 마흔의 기혼자인 그는 산악 전문지 《사람과 산》의 편집장이었던 P씨와 콧날과 눈매마저 닮아서 친근감이 들었다. 지난봄에 그는 빠쁘레 마을의 앙 도로지 옛집에서 총누리 셰르파, 앙 까미 셰르파 등과 함께 나를 봤다는

데 나는 전혀 기억나지 않았다. 아마도 내가 무척 취해있을 때 다녀간 사람 중 하나였던 모양이다.

김 선생과 내가 양심의 가책으로 찜찜해하며 앙 다와 셰르파에게 맡길 배낭을 들었다 났다 해보는 중에 창밖에서 손뼉 치는 소리가 났다. 벌써 왔나? 창문을 열고 내다보니 과연 앙 다와 셰르파와 그의 조카 앙 까미 셰르파였다. 앙 까미 셰르파는 삼촌과 우리를 시외버스 타는 곳까지 배웅하러왔다고 했지만, 우리와 일행이 되기를 은근히 바라는 눈치였다.

타멜의 게스트하우스를 나와 어둑한 새벽길을 걸어서 푸라노 버스 파크(옛날 버스 종점)에 도착한 시각은 5시였는데, 버스가 지리를 향해 출발하는 시각은 6시였다. 그 사이에 종점 주변의 어느 허름한 식당에 들어가 차를 마시고 삶은 계란과 콩 조림도 먹었다. 뒤 마려운 사람들이 줄지어 서있는 공중변소도 다녀왔다.

버스가 지리에 도착한 시각은 오후 2시였다. 지난번과는 달리 타이어 펑크 한번 안 나고 지체 없이 달렸는데도 8시간이나 걸렸다. 버스 승객 중 외국인은 김 선생과 나 둘뿐이었다. 우리의 추석과 비슷한 네팔 명절인 '더싸인'을 맞아 외지로 나들이 갔다 돌아오는 현지인들이 대부분이었다. 김 선생과 나는 운전기사 바로 뒤에 앉아서 갔는데, 우리 앞 엔진 덮개 위에는 자매로 보이는 아가씨 둘이 앉아서가다 내렸고, 다시 어린아이들이 그 자리를 차지하고 앉아서 꾸벅꾸벅 졸기도 했다.

지리에 도착하여 우리가 투숙한 사가르마타 롯지는 심하게 우는 어린아이를 둔 따망 부부가 운영하고 있었다. 지난봄 순례를 마치고 묵었던 체르둥 롯지의 맞은편이다. 우리를 이 집으로 이끈 청년에 의하면 체르둥 롯지는 이제 형편없이 변했다고 했다. 그럴 리가? 싶었지만 확인해보기 귀찮아서 그냥 사가르마타 롯지에서 묵기로 했다. 방에 짐을 풀어놓고 거리로 나섰다. 거리는 봄에 왔을 때보다 활기가 있었다. 길가에 새로 짓거나 수리하는 상점들이 여럿 보였고, 상인들의 표정도 훨씬 밝게 느껴졌다. 10년 가까이 이어진 내전이 이대로 종식되어 밑이 찢어진다는 가난에서 벗어나기를 빌었다.

앙 다와는 시장에서 중국제 운동화 한 켤레와 모포를 한 장 샀

다. 산에서 큰 눈을 만나면 슬리퍼를 신고 걸을 수 없기에 운동화를 산 것이다. 모포는 비상용으로 가지고 다니다가 돌아오는 길에 들르게 될 자기 집에 두고 올 생각이라고 했다. 앙 다와는 빠쁘레 사람이 운영하는 주막집 타파팅(봄에 총누리와 함께 묵었던)에 들러 주인 남정네와 짤막한 소식을 주고받았다. 짐작컨대, 3주 안에 마누라에게 들를 수 있다는 얘기도 포함되어있는 것 같았다.

 이번에는 피케를 향해 오르는 걸 우선으로 삼았다. 눈이 오기 전에 피케에 올랐다가 솔루쿰부 깊숙이 들어가본 후, 돌아오는 길은 그때그때 천천히 생각해볼 참이었는데 잠시라도 집에 들르고 싶어하는 앙 다와의 심정을 고려하지 않을 수 없었다. 앙 다와는 그 주막에 남겨두고 김 선생과 나는 버스 종점 부근의 주막으로 뚱바를 마시러 갔다. 버스 기사들이 주로 다니는 이 주막에서 웬일인지 돼지고기를 마살라 양념으로 볶은 안주를 팔고 있었다. 김 선생에게 뚱바는 이것이 첫 경험이었는데, 오랜만에 돼지고기까지 맛보게 되니 감격해 마지않았다.

  – 으아, 이게 바로 곡차로군요. 곡식을 발효시켜서 더운
    물로 우려 마시니 말입니다.
  – 양놈들이 주스 빨듯이 빨대로 빨아야 되는 게 조금 남
    세스럽긴 합니다만서두······.
  – 돼지고기가 어쩌면 이렇게 쫄깃쫄깃하고 맛있나요?
  – 공장 돼지가 아니고 농가에서 뜨물 먹던 돼지라서 그럴
    겁니다.

김 선생은 음식에 대한 편견 같은 게 아예 없었다. 그 대신 호기심이 많아서 이것저것 자꾸 먹어보고 싶어했다. 김 선생은 부뚜막 위에 설치한 시렁에 걸쳐서 연기와 열기로 꾸덕꾸덕하게 말린 물 소고기 볶음도 한 접시 먹으며 너무 맛있다고 감탄했다. 우리는 그 주막에서 아예 저녁 식사까지 마치고 싶었으나 롯지로 돌아가야 했다. 롯지 주인의 간청에 의해 저녁을 롯지에 주문했기 때문이다.

우리가 묵은 롯지에 외국인 투숙객은 우리 외에 중년의 오스트리아인 커플이 있었다. 그들은 다음날부터 3주에 걸쳐 에베레스트 베이스캠프와 고쿄 호수까지 갔다가 루클라에서 비행기로 빠질 예정이라고 했다.

인민 해방 기금

이튿날 새벽 4시 10분에 기상. 5시 30분에 롯지를 빠져나와 이제 막 동트는 길을 걷기 시작했다. 새털처럼 가벼운 침낭과 우모복 등 부피만 큰 배낭이건만 비탈길을 오르자니 묵직했다. 뒤에 오는 김 선생 사정도 나와 다르지 않았다. 앙 다와는 앞장서서 걷다가 언덕바지 꼭대기에 이르면 한참씩 서서 기다렸다. 아침 햇살을 등지고 자신의 긴 그림자 끝에 우뚝 서있는 그의 실루엣은 강인하고 믿음직해 보였다.

치뜨레의 주막집에서 차를 마셨다. 지난봄 순례 때 총누리와 함께 들렀던 그 주막집이다. 근처에 다른 주막집도 많은데 빠쁘레 사내들이 꼭 이 주막집에 들르는 이유는 주인이 빠쁘레 부근 출신 셰르파기 때문이다.

치뜨레 고개(해발고도 2343미터)를 넘어 마리 마을이 저만치 보이는 길목에 두 사내가 탁자를 놓고 의자에 앉아서 우리 같은 외국인 여행자를 기다리고 있었다. 탁자 위에는 붉은 천이 덮여있었는데, 그냥 붉은 천이 아니라 낫과 망치가 그려져있는 공산당 깃발이었다. 물어보나마나 이 지역의 마오이스트 공산당이었다.

잘생긴 젊은이는 영어를 곧잘 했다. 수염이 덥수룩한 중년의 사내는 오직 네팔말만 했다. 둘이 번갈아 꽤 긴 이야기를 했지만, 결국 '네팔 인민 해방 기금'을 징수하는 데 협조해달라는 얘기였다. 1인당 1000루피씩 2000루피를 내고 영수증을 받았다. 늙수그레한 사내는 영수증 뒤에 더 이상의 기금을 징수하지 말라는 메모와 함께 자신의 이름과 휴대전화 번호를 남겼다. 젊은이가 영수증을 받아 우리에게 내밀며 영어로 친절하게 말했다.

　－ 만일 누군가가 또 다시 기금을 협조해달라고 하면, 이
　　걸 보여주세요.

마리 마을을 지나고, 널따란 시냇물을 가로지르는 줄다리를 건너 시바라야에 도착한 때는 11시. 지난봄 순례 때 인연을 맺었던 롯지의 마당에서 차를 마셨다. 아침을 거른지라 배가 고팠으나 밥은 안 먹기로 했다. 윗마을인 상보단다까지는 비탈이 심해서 배가 부르면 걷기 몹시 힘들 것 같아서였다. 롯지의 주인 앙 리마 셰르파가 나에게 사진을 가져왔냐고 물었다. 지난 봄에 이곳에서 찍은 사진들을 말하는 것이었다. 그걸 프린트해서 가져다주겠다고 약속한 기억은 없었지만 은근히 미안했다. 그래서 변명을 하다보니 약속을 하고야 말았다. 이번에는 급히 오느라고 못 가져왔지만, 다음에 올 때는 꼭 가져오겠다고…….

비지땀을 쏟으며 상보단다에 도착한 시각은 1시. 전망 좋고 평탄한 길가 주막집 벤치에 배낭을 내려놓았다. 주막집 안에는 토끼장이 있고, 토끼장 위에는 호박을 올려놓았다. 주인아주머니 얼굴과 부뚜막을 보니 지난봄에 총누리와 함께 라면으로 요기했던 곳인데 그때 토끼장을 봤던 기억은 나지 않았다. 아주머니가 새로 지어준 달밧떨커리로 아침을 겸한 점심을 해결했다. 김 선생도 나처럼 식성이 좋았다. 그는 음식 맛을 일일이 음미하며 먹는 미식가지만 음식의 종류를 가리지 않았다. 거칠면 거친 대로 독특한 맛이 있다고 감탄했다. 그러나 음식이 너무 짜면 곤경에 처한 표정을 지었다.

옛날 생각이 난다. K의 경우 불평이 너무 심해서 밥 같이 먹기가 쉽지 않았다. 그는 수저를 소리 나게 놓고 불평을 해댔다.

- 더러버라. 이 접시 좀 바라. 이기 씻은 기가, 안 씻은 기가. 이걸 우째 먹노. 구역질이 나서 내는 몬 묵는다.
- 와 이리 짜노. 물 좀 더 붓고 다시 끓이달라 카자. 아이다, 쌩라면을 가오라 카자. 차라리 그걸 깨물어 묵는 기 낫겠다.

오후 4시 경에 데우라리(해발고도 2710미터)에 도착하여 여장을 풀었다. 봄에 순례를 마치고 돌아오던 길에 묵었던 집이다. 안주인은 안 보이고, 남편이지 싶은 사내와 딸처럼 보이는 여학생이 있었다. 김 선생은 주방에서 더운 물을 얻어 샤워를 했다. 나는 난롯가에 앉아 따끈하게 데운 락시를 홀짝였다. 늘 그렇지만 이런 산중의 밤에는 술 마실 일 말고는 할 일이 별로 없다. 김 선생과 나는 피차 술을 자제하기로 하였기에 술은 한두 잔으로 그치고 일찌감치 침낭을 뒤집어쓸 수밖에 없었다.

물고기처럼
생기 있게 헤엄치는 꿈

너무 일찍 잠자리에 든 탓에 새벽 세 시경에 잠에서 깼다. 더 이상 잠은 안 오고 오히려 말똥말똥해졌지만 일어나봤자 춥고 캄캄해서 할 일이 없었다. 김 선생도 그 즈음에 잠이 깬 듯했지만 서로 방해하지 않기 위해 그냥 누워있었다.

딱딱한 나무 침대에서 일어난 시각은 5시 10분. 소변이 마려워서 더 이상 누워있을 수 없었다. 마을 뒷산에 올라가 일출을 보기로 했다. 방한복을 껴입고 롯지를 나서서 입김을 헉헉 뿜으며 산비탈을 올랐다. 해발고도 2710미터라서 그런지 몸이 무겁고 숨이 찼다. 일출은 피케 영봉을 가린 두꺼운 구름에 가려 보이지 않았다. 그러나 두꺼운 구름 밑으로 부챗살처럼 퍼지는 찬란한 햇살을 볼 수 있었다. 공상과학 영화에서 외계인을 가득 태운 UFO가 나타나는 장면 같았다. 우리는 설산 가오리상칼이라도 보려고 한참 기다렸으나 그쪽에 드리워진 두꺼운 구름은 걷힐 줄 몰랐다.

롯지로 내려오는 길에 돌담을 두른 묵은 밭에 들어가 뒤를 보았다. 뒤보는 중에도 혹시나 하고 가오리상칼 쪽을 바라보았으나 허사였다. 롯지로 내려오니 엊그제 지리에서 본 오스트리아 커플이 건너편 롯지 마당을 나서고 있었다. 여자가 어디를 갔다 오냐

고 물었다. 일출을 보러 갔다 온다고 대답했다. 여자가 일출을 봤
냐고 물었다. 봤다고 대답하고서, 사실은 햇살만 봤는데 그게 아
주 멋졌다고 말하려고 머릿속으로 영작을 하는 중인데, 그새를 못
참고 그녀가 정말이냐고 물었다. 귀찮아서 정말이라고 대답했더
니 그녀는 고개를 갸우뚱했다.

　아침 식사는 어제 미리 주문해놓았던 짜파 티, 밀크 티, 셰르
파 스튜였다. 김 선생은 짜파 티가 아주 담백하고, 씹을수록 고소
한 맛이 난다며 칭찬을 아끼지 않았다. 또한 밀크 티는 가는 데마
다 맛이 조금씩 달라서 장소가 바뀔 때마다 무슨 맛일지 기대된다
고 했다. 우리나라 수제비 비슷한 샥빠(셰르파 스튜)도 집집마다 맛

이 다르다. 감자는 공통으로 들어가는데, 형편 따라 들어가는 채
소가 다르고, 수제비도 국수나 마카로니로 대신한다. 향신료도 집
집마다 독특하다. 마살라의 종류가 다양하기도 하거니와 마살라
대신 고춧가루, 팀불(우리나라 산초와 비슷하다), 들기름 등을 집집
마다 형편에 따라서 넣기 때문이다.

　행장을 차리고 숙식비를 치른 후 롯지의 주인 사내에게 인사
를 하자, 토둥 곰파에서 운영하기 시작한 초등학교의 육성회장인
그는 카트만두 보우다에 사는 앙 치링 셰르파로부터 내 이야기를
들었다며 반가워했다. 지난봄 순례 때 나는 토둥 곰파의 학교를
방문했고, 카트만두에서 사는 데우라리 출신 인사들로 구성된 또

하나의 육성회 회장인 앙 치링 셰르파를 찾아가 토둥 곰파의 학교 운영 방침과 사정에 대해 자세히 물었었다. 그때 현지 육성회장인 롯지의 주인 사내는 만나지 못했다. 내가 그의 롯지에 있을 때 그는 카트만두에 있었고, 내가 카트만두에 돌아갔을 때 그는 롯지로 돌아오는 중이었다. 길이 어긋났던 것이다.

이들 토둥 곰파에서 시작한 초등학교의 육성회 회장단은 그 학교에 대한 이야기가 우리나라에도 전해져서 한국인으로 구성된 또 하나의 육성회가 생기기를 기대하고 있었다. 내 블로그를 통해 (가능하면 신문이나 잡지를 통해서도) 그 학교의 사정을 자세히 알리기는 하겠으나, 내가 그런 모임을 직접 만들 능력은 없다고 말했다. 그들은 그렇게 알려주는 일만도 복 받을 일이라고 했었다.

데우라리에서 반달까지는 비탈길이다. 반달은 산중 분지의 형태로 제법 넓게 퍼져있으며 지리부터 도로가 들어와있다. 한때 버스가 들어온 일도 있으나, 한동안 방치해 둔 탓에 도로가 유실되어 지금은 트랙터만 오간다. 여기서 빨랫비누와 구둣솔을 샀다. 빨래를 물에 담가 적신 후 비누를 칠한 뒤 솔로 문지르면 어렵지 않게 빨래가 되기 때문이다.

길가의 벚나무들이 벚꽃을 흐드러지게 피우고 서있었다. 일본에서 원조해준 묘목이 자란 이 벚나무들은 히말라야의 가을을 일본의 봄으로 착각하는지 해마다 가을에 꽃을 피운다. 히말라야 산중에서 이런 평지에 난 길을, 그것도 꽃잎이 날리는 길을 오래 걷는 것은 즐거운 일이다. 경사가 심한 비탈을 날마다 오르내리는 고행 중에 맛보는 낙이지 않을 수 없다. 그래서 노래라도 한 자락 불러보고 싶어지는 길이다.

절쿠로 내려서는 비탈에서 천진하고 귀엽게 생긴 소년을 봤다. 어린 나이에 이미 사무치는 고생을 겪고 있는 소녀도 봤다. 염소를 방목하러 나온 목동이었다. 유니세프 같은 NGO에서는 이들 산중 어린이에게 사탕이나 초콜릿 같은 것을 주면, 그들의 이를 썩게 하는 원인이 된다고 경고했지만 우리는 무시했다. 산중에 가축들을 풀어놓고 바람과 햇빛 속을 무료히 서성이는 그들을 그냥 지나치는 게 너무 무정하게 느껴졌기 때문이다.

지난봄에 술 취해서 걸었던 밤길을 낮에 걷자니 처음 걷는 길 같았다. 유채꽃이 환하게 핀 농가들, 산비탈의 다랑논, 푸른 하늘

밑에 새하얗게 빛나는 설산 룸불히말이 모두 새롭게 보였다. 커다란 보리수가 서있는 길가의 한 밥집에서 라면을 먹고, 가파른 산비탈을 오래 내려갔다. 출렁다리 건너편 산비탈 위에 있는 절쿠 셰르파 호텔에 도착한 때는 오후 3시경이었다.

내친 김에 두어 시간 더 걷고 싶었지만 이곳 셰르파 호텔만큼 괜찮은 숙소나 밥집을 해지기 전에 만나기 어렵다는 앙 다와의 의견을 존중했다. 또한 지난봄에 들러 하룻밤 잤던 인연이 있는 곳이기도 했다. 주인장은 구면의 나그네를 맞아 은근히 반가워했다.

봄에는 침대가 여남은 개 있는 합숙방을 주더니 이번에는 별채 안방을 치워주었다. 널따란 판자로 벽을 댄 별채 공간은 술 빚는 광을 겸하는지, 술독을 비롯하여 화덕과 솥이 놓여있고 누룩

냄새가 그윽했다. 김 선생은 앙 다와의 배낭에 달고 온 텐트를 치고 싶다 했다. 카메라 가방을 메고 국내외로 취재 여행을 다니면서 민박도 많이 했지만, 허름한 산골 주막집에서 자기는 이번이 처음이기에 텐트 속에서 산뜻하게 자고 싶은 게 당연했다. 그러나 셰르파 호텔의 마당이 길가에 있고 좁아 텐트를 치기가 뭣했다. 별수 없이 별채에 여장을 푼 후 별채 앞에 있는 샘가에서 몸을 씻었다. 몸을 씻고 난 후, 이나 벼룩이나 빈대를 물리치기 위해 약국에서 박스로 사온 산초(sheetal이라고도 함) 기름을 한 병씩 나누어 들고 손, 머리, 목, 겨드랑이, 사타구니, 발에 정성껏 발랐다.

우리는 지리나 데우라리의 롯지에서도 자기 전에 산초 기름을 발랐다. 그러나 산초 기름도 물것들을 완벽히 방어하지는 못했다. 특히 소나 염소 같은 가축을 기르는 농막에서는 너무나 많은 벌레가 덤벼들었다. 이날 밤부터 덤비기 시작한 벌레 때문에 순례가 끝날 때쯤에는 온몸에 100군데 이상의 물린 자국이 남게 되었다.

절쿠 셰르파 호텔은 몇 달 사이에 많은 변화가 있었다. 우선 마당 가운데 수세식 화장실과 샤워실이 생겼으며, 전부터 있던 위성전화로는 국제전화도 가능해졌다. 또한 짐승의 분뇨에서 연료용 가스를 추출하는 장치를 들여놓았다. 전에 돼지우리가 있던 곳에서 생긴 가스는 가느다란 관을 통해 부엌으로 공급되었다. 파란색의 이 작은 불꽃은 압력 밥솥으로 밥을 짓기 충분했다. 주인 내외는 이른 봄에 봤을 때보다 훨씬 젊어진 것 같았다. 우중충한 겨울옷을 벗고 가벼운 옷차림을 한 탓인지도 모르지만 내전의 열기가 가시고 손님이 늘면서 살림이 피어 어느 정도 희망이 생겼기 때문일 것이다.

저녁에 뚝바와 셰르파 스튜를 먹는 중에 지난 밤 꿈이 생각나서 김 선생에게 이야기해 주었다. 꿈에 국수를 삶는데, 마지막 남은 국수 몇 가닥을 건져 찬물에 담그니 국수 가닥이 살아있는 물고기처럼 생기 있게 헤엄치는 꿈이었다. 김 선생은 아주 좋은 꿈 같다면서 자신에게 팔라고 했다. 하마터면 팔겠다고 말할 뻔했지만, 대충 웃음으로 얼버무렸다.

저녁을 먹고, 이 집에서 내린 맛 좋은 소주도 몇 잔 마시고 숙소에 돌아와 누우니 셰르파 호텔 확성기에서 티베트 비구니 스님의 염불 소리가 들려왔다. 아주 그윽하여 자장가 같았다. 그 염불 소리는 계곡 건너편 마을은 물론 천상의 별들에게도 잘 들릴 것 같았다. 잠들기 전에, 꿈에 본 국수 가닥이 다시 떠올랐다. 물고기처럼 생기 있게 헤엄치고 있는 국수 가닥……

장 보러 가는 사내,
처녀 짐꾼

새로 지은 산뜻한 변소에서 몸무게를 줄이고 절쿠 셰르파 호텔을
나선 시각은 7시. 전 같으면 아침을 든든히 먹고 출발했겠지만 차
만 마셨다. 먹으면 몸이 무거워질 것이기에 식전 산책 삼아 걷다
가 도중에 먹기로 했다. 금방 갈림길이 나왔다. 곧장 이어지는 길
은 봄에 걸었던 부싱가-킹쿠르딩 곰파를 거쳐 오컬둥가 지방으
로 가는 지름길이고, 왼쪽 비탈로 올라서는 윗길은 보우다고리-
마일리를 거쳐 피케로 가는 길이었다. 윗길로 올랐다.

　윗길은 아랫길보다 신선하고 전망도 좋았다. 날이 청명하여
설산도 잘 보였다. 어제 아침 우리가 있었던 데우라리 능선 위에
는 하현달이 선명했다. 길가의 샘에서 땀에 전 수건을 빨았다. 도
꼬(네팔사람이 짐을 옮길 때 사용하는 대나무로 만든 바구니)를 짊어진
소년들이 지나갔다. 숲 속으로 땔감이나 가축들의 먹이를 구하러
가는 소년들이었다.

　곧 보우다고리에 도착했다. 전날은 힘들게 걸었는데, 이날은
힘든지 모르고 걸었다. 어제부터 감기가 심해진 앙 다와는 몹시
힘들어했다. 경사가 완만한 산중턱에 자리잡은 이 마을에는 제법
큼직한 학교도 있고 학교 뒷마당에는 오래된 불탑이 서있었다. 규

모는 작을지언정 카트만두의 보우다나트에 있는 탑처럼 동서남북 사방을 향한 탑신의 네 면에 각각 지혜의 눈이 그려진 탑이었다. 앙 다와는 이런 탑을 통칭 '보우다'라고 했다.

우리가 라라 누들(네팔 라면의 일종)을 먹은 주막집에서는 한 떼의 남녀 젊은이들이 달밧떨커리를 먹고 있었다. 그중 두 처녀는 어디서 봤다 싶어 찬찬히 보니 어제 출렁다리를 건너기 전 샘가에서 머리를 감던 처녀들이었다. 이들 한 떼의 처녀 총각들은 지리로부터 솔루쿰부의 산간으로 여러 가지 상품들을 등짐으로 운반하는 중이었다. 이들이 주막집 밖에 세워둔 지게에는 엄청난 양의

물건들이 쟁여져있었다. 비스킷, 사탕, 라면, 콜라, 사이다, 국수, 라이터, 식용유, 소금 등인데 맥주와 위스키도 있었다. 개인 소지품인 거울과 빗도 꽂아놓았으며, 음악을 듣기 위한 트랜지스터 FM 라디오도 매달려있었다. 앙 다와에 의하면 이들의 짐 무게는 50~60킬로그램 정도라고 했다. 그들은 그런 짐을 지고도 우리와 앞서거니 뒤서거니 하며 걸었다. 보우다고리에서 두 시간을 더 걸어서 마일리 도반에 도착하기까지 두어 번 그들과 섞였다. 섞일 때마다 두 처녀의 모습을 사진에 담아보고자 했으나 사진 찍어도 되겠냐는 말조차 꺼내기가 뭣했다.

마일리 도반은 산에서 내려오는 두 줄기의 시냇물이 모이는 지점 위에 터 잡고 있었다. 우리말로는 '두물머리' 혹은 '아우라지'에 해당하는 말이 '도반'이다. 마일리 도반에 있는 외딴집은 주막집을 겸했다. 마나님은 어디 출타 중인지 선량해보이는 사내와 세 자녀가 우리를 맞았다.

이 집은 좌우로 흐르는 시냇물 소리가 아주 크게 들렸지만 마당 구석구석에 고요가 깃들어있었다. 햇살을 가득 받은 노란 유채꽃, 파릇한 푸성귀들 그리고 잿빛 고양이……. 우리가 이 주막집에 밥을 시켜놓고 멍석에 주저앉아 양말까지 벗고 쉴 때 처녀 총각 짐꾼들이 주막집 앞마당에 도착했다. 그들은 짐을 내려놓고 창(막걸리)을 청해 마셨다. 처녀들도 한 사발씩 벌컥벌컥 마셨다.

정오 무렵 물소리 세찬 마일리 도반의 시냇물을 건너 산비탈 마을 마일리가웅에 도착했다. 마을 입구의 제법 번듯한 농가 앞에서 한 체뜨리 소년이 피리를 불고 있었는데, 앙 다와 셰르파는 그 농가 앞에서 걸음을 멈추더니 오늘 쉴 곳은 바로 여기라고 했다. 점심 먹고 불과 20분을 걸은 끝에 여장을 푼다는 것이 내키지 않아 몇 시간 더 걷고서 쉬자고 했더니 앙 다와는 난처한 표정을 지었다. 5시간 이상 걸어야 숙식할 만한 집이 나온다는 것이었다. 아직 정오 무렵이므로 5시간을 더 걷는 것이 무리는 아니지만 다섯 시간 후에 도착하는 마을의 해발고도가 3500미터 이상이라면 고소 적응에 문제가 있을 것 같았다. 게다가 앙 다와는 김 선생이 지어온 감기약을 이틀째 먹고 있는데도 낫는 기색이 없었다. 이날 우리는 일찍부터 부엌의 화덕에 둘러앉았다. 앙 다와는 자기 집 밖에서는 일체의 술을 마시지 않는다는 원칙을 고수하느라 불만 쬐었지만, 김 선생과 나는 결국 술을 마셨다. 결코 취하는 법이 없는 김 선생은 어느 정도 마시다가 그쳤지만 나는 취하도록 마셨다.

이날 우리가 묵은 집은 체뜨리의 집이었다. 힌두 사회의 두 번째 카스트인 체뜨리는 첫 번째 카스트인 브라만처럼 술을 마시지도, 만들지도 않는다고 들었는데, 마일리가웅의 이 체뜨리 집에서는 술을 빚어 팔 뿐만 아니라 주인장 내외도 술을 즐겼다. 술맛도 셰르파나 따망의 술맛 못지않았다. 사람 좋아 보이는 주인장 케살 바하둘 바스넷에게 그 이유를 묻자 너털웃음을 터뜨리며 대답했다.

이들은 전문적인 짐꾼인 '다끄레'다.
다끄레는 세 가지 도구를 사용하는데,
첫째는 '다껄'이라 부르는 지게,
둘째는 '가껀'이라 부르는 멜빵,
셋째는 '톡마'라고 부르는 T자 모양의 지팡이다.

－ 이곳 마일리가웅에는 모두 35가구가 사는데, 그중 32가
　　구가 따망, 2가구가 셰르파 그리고 나머지 하나가 우리
　　집이다.

얼핏 들으면 동문서답 같지만 그렇지 않다. 그의 대답은 '술을
워낙 즐기는 따망과 셰르파의 마을에서 어울려살다보니 동화되지
않을 수 없었다'는 이야기였다. 그러나 이들 부부의 외동딸은 부
모가 막걸리 잔을 입에 댈 때마다 근심스런 얼굴로 쳐다보았다.
안주인의 친정 여동생이라는 스무 살 처녀도 언니가 막걸리를 쭉
들이킬 때마다 안쓰러운 표정을 지었다.

거나해진 주인장이 먼저 자러간 밤중에 나이 든 사내들과 그
들의 자식이지 싶은 소년들이 집에 들어섰다. 이 마을에서 사흘
거리에 있는 어느 산중에서 지리로 장을 보러 가는 사람들이었
다. 눈이 오면 길이 끊어지기 때문에 그 전에 겨울 생필품을 장만
해야 했다. 이들이 지리에 가지고 나가서 파는 물건은 감자, 옥수
수, 말린 버섯, 약초 따위였으며 사오는 물건은 소금, 성냥, 식용
유, 마살라, 건전지 등이다. 이들은 주막집에서 밥을 사먹을 형편
이 못 되므로 옥수수 가루를 길양식으로 지고 다녔다.

주막집 주인 식구들이 화덕 주변에서 물러나 잠자러 들어가
면 산골 마을에서 온 아버지와 아들, 삼촌과 조카들이 그 자리를
차지하고서 옥수수밥을 짓기 시작했다. 여기저기 꿰맨 자루에서

옥수수 가루를 덜어내는가 하면, 쭈그러진 냄비에 물을 붓는가 하면, 장작 몇 개비를 안고 들어오는가 하면, 엉덩이 쳐들고 엎드려 후후 불어서 화덕에 불꽃을 일으키는가 하면, 연기가 매워서 눈을 비비는가 하면…….

호랑이 숲 지나
마실 물이 귀한 숲으로

밤중에 온 사내와 소년들은 날이 새기 무섭게 행장을 꾸려 비탈길을 내려갔다. 두 시간 후, 우리가 마일리가웅의 바스넷 집을 떠날 때 그의 외동딸은 광에서 맷돌로 옥수수를 갈고 있었다. 볼펜, 연필, 색연필 등이 든 내 필통을 줬더니 예쁘게 웃었다.

길은 경사가 급한 산비탈 경작지 사이로 이어졌다. 숨이 차서 자주 멈춰서야 했는데, 멈춰서서 돌아볼 때마다 앞산 너머 설산이 쑥쑥 커지고 있었다. 산비탈 따망 마을의 주막집에서 뒷간 신세를 지고, 귀여운 소녀가 수줍게 웃던 또 다른 따망 마을에서 아침 겸 점심을 먹고, 일어서 걸으니 길은 아름드리 전나무 숲속으로 이어졌다. 서너 아름으로도 모자랄 거목이 빽빽한 숲은 어둑하고 신령스러웠다. 길은 랄리구라스 숲 사이로 구불구불 이어지기도 했다. 이곳의 랄리구라스는 4월 초순에 꽃망울을 터뜨린다고 했다.

오후 1시경, '박쿠레'라는 전나무 숲에 도착했다. 박쿠레는 '호랑이(박쿠) 숲'이라는 뜻이었다. 박쿠레보다 한 층 더 높은 마을인 뚜뚜레에서 얼마 전 내려왔다는 외딴 주막집에서 소찌아를 마시며 잠시 쉬었다. 여주인 푸루바 셰르파의 스무 살도 안 된 딸이 젖먹이에게 탐스런 젖을 물리고 있었다.

어제 오후에 우리가 마일리 가웅에서 멈추지 않고 계속 걸었다면 이곳 박쿠레의 주막집에서 묵었을 것이다. 지도를 살펴보니 이곳의 해발고도는 약 3200미터. 마일리가웅는 약 2200미터이므로 약 5시간 동안에 등고선 열 칸을 오른 셈이었다. 만일에 대비하여 김 선생은 고산병 예방약을 먹었다.

박쿠레를 떠나자 숲 속에 안개가 자욱했다. 안개를 헤치며 반 시간 정도 걷자 뚜뚜레가 나타났다. 뚜뚜레의 '뚜뚜'는 바위틈에서 물이 조금씩 떨어지는 소리. '레'는 숲 또는 어떤 장소. 그러니까 뚜뚜레는 '마실 물이 귀한 숲'을 의미했다. 뚜뚜레를 지나가는

길가에 집이 두 채 있는데, 한 집에서는 사내 둘이서 커다란 나무 상자를 만드는 중이었다. 다른 집의 창에서는 어린 소녀가 동그란 얼굴을 내밀고 순한 미소를 지었다.

다시 한 시간 정도 걸어서 숲을 빠져 나오자 안개 자욱한 능선이 나왔다. 지도를 보니 피케로 이어지는 능선이었다. 안개 속에서 외딴집이 희미하게 보이고 어디선가 개 짖는 소리가 났다. 해발고도 3412미터의 고원지대인 이곳이 이날 우리의 목적지인 따굴룽이었다.

따굴룽은 4월부터 9월까지 야크(고산에 사는 소의 일종. 암컷은 '나크'라고 부른다)를 방목하는 곳이라고 했다. 이날이 10월 31일이었으니 벌써 한 달 전에 다들 철수했다. 그런데 딱 한 집은 이곳에서 겨울을 나며 주막집을 겸한다고 했다. 개 짖는 집이 바로 그 집이었다. 슬하의 칠남매 중에서 장녀 페마 셰르파 등 딸 셋을 데리고 올라와 소 18마리를 방목하는 카지 셰르파가 주인장이었다. 도무지 말이 없고, 한두 마디 하더라도 아주 나직하게 말하는 이 사내의 부인 밍마 셰르파는 나머지 자식과 함께 불부레라는 곳에 살고 있었다. 우리는 고소 적응을 위해 다음 날 불부레로 가서 또 하루를 묵기로 했다. 따굴룽에서 약 두 시간 거리였다.

카지 셰르파는 농막에서 버터를 만들고 있었다. 똘룸이라고 부르는 원통형의 나무통에 소젖을 붓고, 꼴루라고 부르는 일종의 피스톤으로 피스톤질을 해대면 기름 때 같은 게 뜨는데, 이것을 건져서 손으로 뭉치니까 버터 덩어리가 되었다. 산중의 외딴집에서 감자 반찬에 쌀밥을 지어먹은 것은 큰 복이었지만, 이날 밤 몹시 춥게 잤다. 벽을 댄 기다란 판자 사이로 소 외양간이 내다보이고, 안개가 스며들고, 한밤중에는 별빛이 스며드는 헛간에서 잤다.

이날 밤 역시 온 몸에 산초 기름을 바르고 잤으나 소용이 없었다. 여기저기 수십 군데를 물렸다. 특히 오른쪽 겨드랑이에서 배꼽 쪽으로 열 몇 군데를 한 줄로 문 벌레는 아무래도 '재봉틀 빈대' 같았다. 재봉틀 빈대는 사람의 살갗에 재봉틀이 누빈 것 같은 상처를 '뚜루루루루' 남기는 아주 악랄한 빈대다. 이놈들이 문 자리들은 한 달 내내 가려웠고, 석 달 가까이 그 자리가 희미하게 남아있었다.

안개 속의 고원
불부레

　•

따굴룽의 카지 셰르파에 의하면 이즈음 피케 지역은 낮 12시부터 구름이 끼기 시작하여 밤 12시가 되면 걷힌다고 했다. 새벽 4시경에 소변보러 마당에 나와서 본 밤하늘에는 정말 구름 한 점 없었다. 보라색이 감도는 쪽빛 하늘에 별만 가득했다. 특히 하늘 한가운데를 가로지른 은하수는 별이 하도 촘촘하여 손가락 하나 들어갈 틈도 없었다.

　여명에 따끈한 차를 마시고, 아침 햇살이 따스하게 퍼지기 시작한 7시경에 불부레를 향해 따굴룽을 떠났다. 따굴룽 능선에 난 길은 봉우리 하나를 남쪽으로 에돌아 반대편에서 오는 능선으로 접어들었다. 이 능선에서 피케의 정상부를 이루는 두 봉우리가 잘 보였다. 피케 너머로 모습을 보인 룸불히말이 햇살에 하얗게 빛나고 있었다.

　우리가 올라선 능선은 세 갈래 길이 있는 능선이었다. 하나는 우리가 따굴룽에서 온 길, 하나는 피케 쪽으로 오르는 길, 다른 하나는 불부레로 내려가는 길이었다. 우리는 불부레에서 종일 쉬면서 고소 적응을 한 후 다음 날 피케로 향할 작정이었는데, 불부레는 1킬로미터 밑에 있다고 했다. 서둘 필요가 없었다. 따스한 햇살과 맑은 공기, 후련한 전망 그리고 정적…….

사진을 찍다 말고 설산을 향해 삼배를 올린 후 잠시 앉았다. 삼거리에서 불부레 쪽으로 내려가는 길 가운데에는 두 군데에 걸쳐서 폭 2미터 길이 40~50미터 가량의 돌무더기가 길게 놓여 있었다. 영어권에서는 '마니월Mani wall'로 부르는 이 긴 돌무더기를 이룬 돌은 대개 넓적한 판석이며 하나하나에는 진언 '옴마니밧메훔' 또는 탑이나 보살 좌상 등 불교적 상징을 담은 이미지들이 새겨져있었다. 이러한 판석을 티베트 불교에서는 '마니'라고 부르고, 우리 불교에서는 '석경石經'이라고 번역한다. 또한 마니로 만든 돌담을 석경담이라고 부르기도 한다는데, 이 고장 셰르파들은 그것을 마네라고 불렀다. 나는 마네를 만날 때마다 반갑고 푸근한 무엇이 느껴졌다. 그 옛날 이것을 만든 사람들의 신심과 노고를 생각하면 경외감이 들기도 했다.

불부레에는 윗집과 아랫집 두 가구가 100미터쯤 떨어져 살고 있었다. 불부레라는 지명은 '샘이 솟는 터'라는 뜻이다. 그는 손바닥을 내밀고 다섯 손가락을 오므렸다 폈다 하면서 '불부, 불부' 하는 소리를 냈는데, 이는 바로 샘이 솟는 소리요 모양이라는 뜻이었다. 아랫집이 지난밤에 만난 카지 셰르파의 본가인데, 그의 부인 밍마 셰르파가 2남2녀를 데리고 살았다. 밍마 셰르파는 앙다와 셰르파를 '바이(동생)'라고 부르며 반겼다.

어젯밤, 재봉틀 빈대에게 시달리느라 잠을 제대로 못 잔 김 선생은 집 뒤에 텐트를 쳤다. 카트만두에서 구입한 이래 여태 배낭에 달고만 다니다가 이날 처음 펼친 것이었다. 고산병 예방약을 먹은 김 선생은 낮잠 한숨 잘 잤다는데, 나는 호흡이 편치 않아 쉽사리 잠을 이루지 못했다. 잠이 들락말락할 때마다 호흡이 딱 멈춰지는 느낌이 들었다. 고소에서 오는 아주 가벼운 고산병 증세 중 하나였다. 따굴룽에서 곧장 피케 베이스캠프로 갔다면, 틀림없이 고산병으로 고생했을 거라는 생각이 들었다. 우리가 불부레에서 종일 빈둥대며 고소 적응을 하기로 한 것은 아주 잘한 일이었다.

12시가 지나자 구름이 서서히 몰려들기 시작했다. 처음에는 꽃송이 같은 구름이 설산쪽으로 하나둘 모여들더니 나중에는 해일 같은 구름이 빠르게 다가왔다. 또한 피케를 향해 치달리는 능선과 능선 사이의 골짜기마다 솜틀에서 삐져나온 솜 같은 구름이 올라왔다. 그 구름은 설산을 먼저 가리고 나중에는 피케 봉우리마저 가려버렸다. 그리고는 길이 안 보일 정도로 안개가 꼈다. 그런데 안개가 아니라 구름이었다. 우리는 구름 속으로 걸어들어갔다.

처음은 길을 따라 아래로 내려갔다가 다시 올라왔다. 하늘이 무슨 조화를 부리는지, 피케 언저리를 장악했던 구름이 부산해지더니 파란 하늘이 터져나오고 눈부신 햇살이 쏟아졌다. 구름 속에서 피케로 이어지는 건너편 능선이 보인지 얼마 안 되어서 피케 정상부가 확연히 드러났다. 그리고 설산들이 나타났다. 바람이 불고, 구름이 빠르게 움직이는 중에 언뜻언뜻 보이는 설산은 더욱 신비스러웠다. 저녁노을이 설산에 붉게 물들고 설산을 향한 우리의 그림자가 사다리처럼 길게 뻗어가더니 구름이 다시 모여들기 시작했다. 그리고는 이내 어두워져 집으로 돌아왔다.

이날 아침 겸 점심은 감자 반찬에 쌀밥을 먹었고, 저녁은 릴두를 먹었다. 릴두는 셰르파의 전통 음식으로 감자로 빚은 수제비 같은 것이다. 감자를 삶아서 완전히 식힌 다음에 껍질을 벗겨내고 오컬리(절구)에 넣고 초물링(공이)으로 찧는다. 그러면 감자가 찰떡처럼 쫄깃쫄깃해지는데, 이것이 바로 릴두다.

셰르파들은 릴두를 접시에 담고 거기에 마늘과 고추로 만든 국물을 찌그러서 손으로 떼어먹는 게 보통이다. 그러나 특별한 손님에게는 다르게 낸다. 국물 냄비를 화덕에 올려놓고 데우면서 거기에 릴두를 큼직큼직하게 떼어넣은 후 국자로 퍼서 국수 사발에 담아 수저와 함께 낸다. 릴두는 시간이 많이 걸리는 음식이다. 감

자를 삶고, 식히고, 감자가 식는 동안 국물을 만들고, 감자 껍질을 벗기고, 절구질을 하는 데 근 두 시간이다. 화덕의 불을 쬐고 앉아 음식 만드는 과정을 지켜보면서 맛을 상상하니 두 시간도 길게 느껴지지 않았다.

두 시간을 내려가면 똘루 곰파가 나온다. 지난봄에 나는 똘루 곰파까지 왔다가 눈이 무르팍 이상 빠지는 바람에 이곳 불부레로 오지 못하고 자프레바스로 빠졌다. 이곳에서 똘루 곰파쪽으로 두어 시간 거리인 마이다네에 앙 다와의 농막이 있다고 했다. 앙 다와의 아내와 자식들은 현재 마이다네에 머물며 가축을 기르고 밭농사를 짓고 있는데 눈이 오기 전에 빠쁘레로 철수했다가 봄에 다시 마이다네로 올라온다고 했다.

앙 다와는 이곳 불부레를 떠나 피케를 거쳐 나울에 도착하는 이틀 동안은 숙식할 곳이 없다고 했다. 피케 베이스캠프에 치즈 공장이 하나 있는데, 문을 닫은 지 오래됐다고 했다. 그래서 텐트를 하나 장만했으며, 이틀치 식량과 운반할 사람을 이곳 불부레에서 해결하기로 했던 것이다.

우리가 아침 겸 점심을 먹을 때 앙 다와에게 '사람은 구했냐?'고 물으니 '구했다'면서 '식량을 사러 자프레로 내려갔다'고 대답했다. 저녁에 릴두를 먹고 나서야 알게 되었지만, 앙 다와는 우리의 식량을 구하기 위해 밍마 셰르파의 열네 살 먹은 둘째딸 지미와 열한 살짜리 큰아들 앙 다와를 자프레에 보냈다. 또한 그들에게 우리의 식량과 취사 장비를 나눠지게 하여 피케 베이스캠프까지 데려갈 생각이었다. 앙 다와가 미리 나에게 이런 이야기를 했다면 펄쩍펄쩍 뛰었을 게다.

– 십대 초반의 소년 소녀를 짐꾼으로 부려 먹다니! 그건 아동 학대야!

어쩌면 그럴까봐 혼자 궁리한 대로 일을 저질렀을 지도 모른다. 릴두를 먹고 난 후, 그러니까 상당히 어두워진 후에야 지미와 앙 다와가 장에서 돌아왔다. 자기들 몸피만한 짐을 한 짐씩 짊어지고 올라왔다. 그때야 알았다. 운반해온 짐 중에는 우리의 식량도 들어있다는 것을. 그런데 이상하게도 측은하다는 느낌 이전에 대견하다는 생각부터 들었다. 어려서부터 이렇게 등짐을 지고 다니며 단련이 되지 않고는 험한 세상에서 살아남기 어려울 것 아닌가?

설산 일출과
피케 등정

자다가 깨보니 판자 틈으로 흐릿한 달빛이 들어오고 있었다. 새벽 4시였다. 초저녁부터 누워있었기에 허리가 빠지는 듯하여 침대에서 일어났다. 서리가 하얗게 내린 마당에 나와보니 반공중에 하현달이 떠있었다. 대지를 하얗게 덮은 서리가 달빛과 별빛을 풍부하게 반사하여 그 빛이 판자 틈 속까지 스며들었다. 김 선생이 자는 노란 텐트도 서리로 하얗게 변했다. 텐트 지퍼 여는 소리가 들리더니 김 선생이 나왔다. 김 선생은 텐트 속이 훤해서 날이 샌 줄

알았다고 했다. 우리는 각자 길섶에다 소변을 보았다. 허연 김이 무럭무럭 났다. 개 이빨처럼 혹은 얼음 써는 커다란 톱처럼 삐죽삐죽 드러난 설산 연봉 저 끝에 샛별이 떠서 글썽이고 있었다. 샛별이 그렇게 밝은 걸 보니 일출이 멋질 것이라는 생각이 들었다. 우리는 전망 좋은 언덕에 올라가서 일출을 기다리기로 했다.

　영하의 기온 속에서는 배터리 전원이 오래가지 않는다. 그걸 잘 몰랐던 때에는 괜히 배터리 판 가게 주인만 욕했다. 불량품을 팔았다고 생각했다. 산에서 내려가면 배터리를 판 이웃 슈퍼마켓 아주머니를 찾아가 따져보려던 생각을 하며 내 조그만 디지털 카메라를 우모복 안 겨드랑이에 끼고서 샛별을 바라봤다. 샛별이 흐릿해지면서 능선 주변의 하늘이 시시각각 오묘한 색채로 변하고 있었다. 나는 겨드랑이에서 디지털 카메라를 꺼내어 한두 방 찍고는 다시 겨드랑이에 집어넣었다. 봄에 고장난 카메라와 같은 기종이어서 익숙했다.

　해가 막 솟아올라 금빛 광선이 실내 구석구석 파고드는 시간에 숙소로 내려왔다. 집 앞 문간에 깐 두꺼운 판자의 서리가 막 녹기 시작했는데, 이 집 막내딸이 맨발로 서리를 밟고 서있었다. 한 이불을 덥고 자고 있던 삼촌과 조카, 즉 앙 다와 셰르파와 작은 앙 다와 셰르파도 그때 막 일어난 것 같았다. 부엌의 탁자 위에 올려놓은 중국제 보온병에 따끈한 소찌아(버터차)가 가득 담겨있었다. 언 몸을 녹이느라 여러 잔 거푸 마셨다. 그리고 감자조림을 반찬으로 흰밥을 먹었다. 앙 다와와 그의 조카들이 짐을 꾸렸다. 감자,

영산 피케의 맥은 대산맥 히말라야의 설산
소롱히말에서 람주라라를 통해 이어져왔다.

라면, 식용유, 커리, 쌀, 비스킷, 버터, 차 등 하루치 식량과 취사 장비 그리고 모포 두 장을 커다란 배낭 하나와 도꼬에 실었다. 도중에 간식으로 먹을 감자조림과 비스킷은 내 배낭에 담았다. 무거운 짐을 졌을망정 아이들은 즐거워했다. 삼촌과 더불어 캠핑 가는 기분인 듯했다.

길은 오르막이었다가 평탄했다가 다시 오르막으로 이어졌다. 우리가 올 때 본 두 곳의 석경담을 지나서 만난 불탑이 있는 곳은 라무제라고 했다. 지금은 사람이 살지 않지만 여름철에는 야크 방목의 거점이 된다고 했다. 산 밑을 에돌아 안부에 이르니 또 다른 석경담이 나왔다. 이 석경담은 아주 길었다. 100미터쯤 될 것 같았다. 그 밑에서 잠시 쉬었다.

바람이 불고, 뭉게구름이 산등성이를 휩싸며 달려와 안개가 되어 퍼지면서 해를 가렸다. 해가 구름 속에 숨자 추워져서 다시 걸었다. 경사가 급한 길을 지그재그로 올라서니 또 다시 석경담이 나왔다. 마침 구름이 걷히고 따스한 햇살이 쏟아지기에 다시 석경담 밑에서 쉬었다. 석경담 밑에 조그만 풀꽃들이 어여쁜 꽃밭을 이루고 있었다.

피케 영봉의 정상 밑에도 석경담이 있었다. 이곳 석경담을 벽으로 한 큼직한 움막은 특별한 날에 스님들이 올라와 거주하면서 기도하는 장소다. 현지 셰르파들이 '피케 마네'라고 부르는 이곳은 지도에 피케 베이스캠프(해발고도 3840미터)라고 표기되어있는데, 오래전에 문을 닫은 치즈 공장이 있었다. 피케 마네에는 아무도 없다고 들었는데, 늙수그레한 사내 둘이 공장 부속 건물 지붕에서 널 판자를 뜯어내고 있었다. 우리의 다음 목적지인 나울에서 올라온 사람들이었다. 나울은 이곳 피케 마네에서 가장 가까운 마을이며 약 두 시간 거리에 있다. 그렇다면 나울은 피케 정상에 오르는 지름길 길목에 있는 마을인데 어째서 멀리 에돌아왔는가? 비탈이 심하고, 숙식할 만한 장소가 마땅치 않으며, 고소 적응에 문제가 있다는 게 앙 다와의 답변이었다.

앙 다와는 내게 피케 베이스캠프에 문 닫은 치즈 공장이 있다고 했지만, 사람은 없을 거라고 했었다. 그래서 카트만두에서부터 텐트를 짊어지고 왔으며, 조카들의 발품까지 사서 식량과 취사도구를 운반한 것이다. 그러나 나울에서 사람이 올라와있는 것은 물론이고, 임시 주막까지 운영하고 있었다. 앙 다와가 우리를 속인 것은 물론 아니다. 산중에는 인적이 있다가도 없고, 없다가도 있는 것이어서 아무도 장담할 수 없다. 그러므로 만약에 대비하는 수고를 아껴서는 안 된다.

지도를 보면, 데우라리 밑에 반달이 있고 반달 동쪽에 차울라카르카라는 지명이 나온다. 여기서 강을 건너고 경사가 급한 비탈을 오르면 나오는 남켈리 마을에 숙식할 장소가 있다고 되어있다. 또한 남켈리에서 나울로 오는 능선에도 곰파와 마을이 있었다. 남켈리에서 나울까지 하루에 걷기 어렵다면, 이들 마을에서 민박을 하면 된다. 다소 무리가 되더라도 기회가 되면 그 길을 걷고 싶었다. 지도를 살피니 그 능선 자체가 멋진 설산 전망대였기 때문이다.

날이 어둡기 전에 두 사람 중 한 사내의 손자라는 젊은 승려 나왕 린지 라마가 나울에서 올라오고 두 사내는 나울로 내려갔다. 잠시 후에는 등산화를 신고 커다란 배낭을 짊어진 소년 승려가 또 나타났는데, 그는 트레커의 짐을 옮겨주는 포터로 에베레스트 베이스캠프까지 갔다가 킹쿠르딩 곰파로 돌아가는 나왕 딱바 라마라는 이름의 소년이었다.

그날 밤 우리는 한 지붕 아래서, 화덕에 둘러앉아 저녁을 지어 먹고 차를 마셨다. 나왕 딱바 라마와 지미 셰르파는 두 살 차이의 사춘기 소년 소녀라서 그런지 처음에는 수줍어하고 그러더니 어느새 친해져 나중에는 서로 주소를 교환했다. 이런 산중의 밤에는 밥 먹고 자는 일 말고는 할 일이 없다. 각각 누울 자리를 보고 발을 뻗어야 했다. 김 선생은 치즈 공장의 테라스에 텐트를 쳤고, 나는 화덕 옆의 벽 쪽에 포개놓은 두툼한 널을 나란히 붙여서 침대를 만들었다.

밤은 그렇게 가고 새벽이 됐다. 안개가 짙었다. 아니 피케 봉우리 전체가 구름 속에 들어가 있었다. 이 지역에 몇 차례 드나든 일이 있는 우리나라 스님에 의하면, 피케 정상은 네팔 히말라야를 동쪽 끝에서 서쪽 끝까지, 즉 동쪽의 칸첸중가에서 서쪽의 다울라기리 산군山群까지 파노라마로 조망할 수 있는 곳이라고 했다. 그래서 이곳 베이스캠프까지 오는 동안 내심 기대가 컸다. 날씨가 좋기를 빌고 또 빌었다. 그러나 피케 영봉의 산신령님 심기가 불편하셨는지 바람마저 심하게 불었다.

앙 다와는 감기가 많이 누그러졌지만 나는 감기가 심해지고 있었다. 숨을 헉헉 몰아쉬면서 올라야 했다. 차디찬 공기가 기관지를 거덜 내든 말든 기침을 '컹컹'하면서 올랐다. 이윽고 정상, 그러나 구름 때문에 조망이 어려웠고, 바람 때문에 오래 머물 수 없었다. 서둘러 하산하여 따끈한 차를 마시며 몸을 녹이고 싶었다. 아주 잠시 모습을 드러낸 룸불히말을 촬영하고 서둘러 하산했다.

이날 새벽, 베이스캠프에서 정상까지 약 한 시간을 올랐고, 하산하는 데도 약 한 시간이 걸렸다. 정상에 머문 시간은 고작 10분이었다.

부엌문 밖으로
설산이 보이는 집

피케 마네에 돌아오니 잠시 구름이 걷히는 듯했다. 그래서 일찍 내려와버린 것을 후회했다. 피케 정상에서 네팔 히말라야를 동쪽 끝에서 서쪽 끝까지, 즉 동쪽의 칸첸중가에서 서쪽의 다울라기리 산군까지 조망하려던 계획을 헌신짝처럼 버리고 내려왔기 때문이다. 아무리 춥고 바람이 심하게 불고 기침이 심해도 좀 더 기다렸어야 마땅했다는 자책마저 들었다. 그러나 이런 후회도 잠시. 다시 검은 구름이 사방에서 모여들어 앞을 분간하기조차 어려웠다. 김 선생은 변함없이 서있는 설산보다도 설산을 감싸고도는 변화무쌍한 구름의 조화가 더 신비스럽다고 했다. 우리는 치즈 공장의 발코니에 서서 시시각각 변하는 구름의 움직임을 한참 바라보다가 실내로 들어갔다.

실내로 들어와 뜨거운 차를 마시고, 라면을 끓여먹고, 다시 감자를 삶았다. 감자는 앙 다와의 하산하는 조카 남매와 킹쿠르딩 곰파로 돌아가는 나왕 딱바 라마의 길양식으로 삶는 것이었다. 남매에게는 따로 용돈을 조금 줄까도 했지만 그만두었다. 결국 초콜릿과 사탕을 나누어주고 말았다. 앙 다와가 요구한 남매의 일당은 전날 불부레를 출발할 때 남매의 어머니인 밍마 셰르파에게 미리 지

나울은 능선 위에 자리잡은 마을이어서
설산을 조망하기 좋은 곳이다.
부엌문 밖에서 변화무쌍한 구름이
설산과 더불어 온갖 조화를 부린다.

불했다. 두 아이의 일당을 어른 한 사람 몫으로 쳐서 이틀치였다.

늘 그렇지만, 내 양심은 고무줄 양심이다. 더 줘야 한다고 생각하면서도 더 주지 못하는 때가 많다. 누군가 내게 산중의 인건비를 턱없이 올려놓았다고 비판했던 일이 떠오르거나 마침 잔돈이 없을 때 특히 그렇다.

혼자 남은 소년 승려 나왕 린지 라마는 자기도 우리가 가는 마을로 내려간다고 했다. 나왕은 어제 내려간 늙수그레한 사내의 딸인 어머니가 여동생을 낳고 앓다가 죽는 바람에 여동생과 함께 외할아버지 슬하에서 자랐다고 했다. 나왕은 중국제 가스라이터를 가지고 있었는데, LED전구와 배터리가 내장되어있어서 손전등을 겸했다. 그런데 이 손전등을 흰 벽에 대고 켜서 빛의 길이를 조절하자 어떤 영상이 떠올랐다. 나왕 린지 라마는 나에게 달라이 라마를 아느냐고 묻고, 그 영상이 바로 달라이 라마라며 킥킥댔다. 자세히 보니, 젖가슴을 드러낸 반라의 여인이었다. 말이 통하면, 잘 타이를 수도 있었겠지만, 말이 통하지 않는지라 무시하고 말았다. 나왕 린지 라마는 멋쩍은 듯 히히히 웃고 전등을 껐다.

나울(해발고도 3550미터)로 가는 길은 고사목 지대 사이로 나있었다. 10년쯤 전에 큰 산불이 난 흔적이라는데, 피해 면적이 최소한 10만 평은 될 것 같았다. 고사목 지대를 빠져나오자 치즈 공장이 나왔다. 나왕 린지 라마의 할아버지는 이 치즈 공장에서 일하고 있었다. 이곳의 치즈는 나크(야크의 암컷) 치즈라는데, 치즈 옆면에 'PIKE'라고 찍어서 카트만두 빌라 에베레스트 근처 라인차

올의 위탁판매소로 납품한다고 했다. 가격은 1킬로그램에 375루피. 공장에서나 판매소에서나 소매가격은 같다고 했다.

치즈 공장을 지나 나올 어귀에 이르자 또 다른 마네가 나왔다. 마을 가까이 있어서인지 장식이나 구조에 훨씬 정성을 들인 듯했다. 이날 우리가 식전에 두 시간, 식후에 두 시간, 모두 4시간을 걷고 나왕 린지 라마네 집에서 일찌감치 여장을 풀었다. 이날은 날이 흐려서 몰랐는데 다음 날 아침에 보니 부엌문 밖으로 설산 눔불 히말과 가오리상칼이 보였다.

몇 시간 후에 나왕 린지 라마가 할아버지와 교대하고 내려와 마을 곰파를 보여주었다. 나왕 린지 라마가 거처하는 방도 있는 그 곰파의 대웅전에서는 귀가 안 들리는 키 작은 노스님 한 분이 향을 피우고 있었다. 이 곰파는 예전에 상당히 번창했는데, 몇 년 전에 큰스님이 입적하신 후로는 그 많던 스님들이 하나둘 떠나기 시작하여 이제는 귀가 안 들리는 키 작은 노스님과 나왕만 남았다고 했다. 나왕은 다시 베이스캠프로 올라가면서 조만간 곰파를 떠날 뜻을 비쳤다. 나왕은 큰스님 밑에서 공부하기 위해 카트만두나 다람살라에 가고 싶다고 하다가 나중에는 우리나라 절에서 공부하고 싶다는 말도 했다.

좁은 능선 위에 자리 잡은 이 마을에는 원래 곰파를 중심으로 11가구가 살았는데 지금은 4가구만 남았다고 했다. 우리가 묵은 집과 곰파 사이의 집도 빈집이었는데, 이 집 지붕은 바람에 날아가 곰파 앞마당에 떨어져있었다.

나왕 린지 라마네 집은 주막집을 겸하고 있었다. 우리는 불단이 있는 기도실을 얻어 여장을 풀고 거실로 건너가 불을 지피기 시작한 화덕에 둘러앉았다. 화덕에 락시를 내리기 위한 술 고리가 얹혀져있었다. 나울은 삼거리에 해당하는 곳이므로 행인들이 제법 있었다. 갓난아기를 요람에 넣어 짊어진 아낙이라든지, 콧수염 끝을 치켜올려 기르고 쿠쿠리를 찬 사내가 이 집에 들러 락시와 차도 마셨다. 여럿이 와서 밥을 먹고 가는 사람들은 장에 다녀오

는지 짐이 많았다. 점심에 밥을 먹었으므로 저녁은 릴두를 만들어 달라고 했다. 릴두는 시간이 많이 걸리는 음식이다. 감자를 삶아서 식히는 동안 밖은 캄캄해졌다. 나왕의 할머니는 반딧불 같은 LED전구의 흐릿한 불빛 아래서 감자 껍질을 까고, 절구로 찧고 마늘을 다졌다.

할머니는 손녀이자 열한 살 난 나왕의 동생 앙 푸루바가 2년 후에 한국에 갈 거라고 말했다. 무슨 말인가 했더니, 3주쯤 전에 다녀간 한국인 순례단의 일원이었던 한 부인이 2년 후에 다시 와서 앙 푸르바를 양녀로 데려가겠다고 했다는 것이다. 그 그룹의 포터였던 앙 다와도 '꼭 데리러 온다고 약속했다'며 거들었다. 그 말을 철썩 같이 믿고 기다리겠다는 태도였기에 한마디 보태지 않을 수 없었다.

— 나중 일을 어찌 알겠는가. 사람은 잊기도 잘하고 변하기도 잘한다. 너무 믿지는 마라.

나는 물론이고, 내가 아는 분 중에도 이런 약속을 남겼으나 지키지 못한 사람이 더러 있다. 내 경우는 1992년 라다크의 레에서 식당 하는 처녀에게 한국 등산화를 인편이나 우편으로 보내겠다고 한 일이 있었다. 발 사이즈를 재느라고 종이에 발을 대고 그 둘레를 사인펜으로 그리기도 했는데, 귀국하여 차일피일 미루다가 그 약속을 까맣게 잊고는 4년 후 다시 레에 가면서 그 일이 다시 기억났다. 레에 가보니 그 처녀는 2~3년 전에 이미 그 식당을 그만두고 델리로 갔다고 했다. 그녀는 델리로 가면서도 주인아주머니에게 부탁했다. 한국에서 등산화가 오면 잘 놔두라고…….

내가 공연한 말을 했나 보다. 화덕 주변에 둘러앉은 셰르파들은 실망한 기색이 역력했다. 그래서 한마디 더했다.

　– 당신네 셰르파들도 가끔 약속을 지키지 않는다. 특히 술
　　마시고 한 약속은 약속도 아니더라. 우리 한국도 똑같다.

그제야 셰르파들은 활짝 웃으며 고개를 끄덕였다. 나울의 밤이 그렇게 깊어가는 중 문득 어릴 때 부르던 동요가 안타까이 떠올랐다.

뜸북 뜸북 뜸북새 논에서 울고,
뻐꾹 뻐꾹 뻐꾹새 숲에서 울 제
우리 오빠 말 타고 서울 가시면
비단 구두 사가지고 오신다더니

나울의
아침 풍경을 뒤로하고

나울의 새벽도 피케 마네 못지않게 추웠다. 날이 밝기 전에는 바람이 세차게 불더니, 날이 밝으면서 구름이 흩어지고 햇살이 났다. 설산 가오리상칼의 뾰족한 봉우리 끝이 나타나고, 룸불히말도 그 위용을 드러냈다. 산책 삼아 나울의 능선 길을 거닐며 사진을 찍었다.

아침 식사는 샥빠였다. 화덕 앞에서 샥빠를 먹다가 눈을 들면 부엌문 밖으로 햇살에 빛나는 설산이 보였다. 날이 개는 걸 보니 다시 피케 정상에 올라보고 싶었다. 그러나 몸이 무겁고 기침이 심해서 포기하기로 했다. 앙 다와에 의하면 지난번 순례단이 피케 정상에 갔을 때도 날씨가 안 좋아서 고생을 했단다. 그런데 나울을 떠나 하산하면서 더욱 고생이 심했다고 한다. 그들은 이곳 나울에서 아침 7시경에 하산을 시작했는데, 여성들은 밤 10시경에야 손전등을 켜든 셰르파의 부축을 받으며 남켈리에 도착할 수 있었다. 고리 능선에서 남켈리로 내려가는 경사가 너무 급한 때문이다. 경사가 심한 길을 내려오느라 다리가 풀려버린 그들은 차울라카르카를 거쳐 지리로 가는 이틀 동안 셰르파의 부축을 받아야 했다.

그 말을 들으니 순례단 전원에게 너무 미안했다. 왜냐하면, 순례단을 이끌었던 스님께 '피케 순례'를 추천하고, 그 뒷바라지를 총괄할 사람으로 빌라 에베레스트의 앙 도로지를 천거한 사람이 바로 나였기 때문이다. 그러나 앙 다와 등 현지 셰르파들에 의하면 나울-남켈리 구간은 일반적인 투어리스트의 경우 8시간이면 충분하다고 했다. 내가 직접 가보지 않아서 잘 모르겠지만, 그날 남켈리까지 가지 않고 고리쯤에서 하루 더 쉬는 일정이었다면 그토록 힘든 산행은 아니었을지도 모른다. 훗날 카트만두에서 앙 도로지를 만났을 때 다음 순례단의 일정은 이 구간에서 하루를 더 잡도록 조언했다.

차울라카르카에서 남켈리와 고리를 거쳐 나울을 잇는 비탈길은 지리부터 걸어서 쿰부로 가고자 하는 순례자들이 이용할 수 있는 색다른 길이기도 하다. 지리에서 쿰부를 잇는 일반적인 길은 차울라카르카를 통과하여 긴자, 세테, 고얌을 거쳐 람주라라(해발고도 3530미터)를 넘어 준베시로 가게 되는데, 차울라카르카에서 남켈리-고리로 오르면 나울에서 피케 영봉에 올랐다가 자세반장, 탁톡을 거쳐 준베시로 갈 수 있다. 일반적인 길은 투어리스트를 위한 그럴싸한 롯지가 있어 편하지만 '색다른 길'은 숙식에 불편이 따른다. 또한 일정도 이틀 정도 더 잡아야 한다.

우리는 탁톡을 이날의 목표로 삼아 나울을 떠났다. 아름드리 전나무가 빽빽하게 우거진 숲 사이로 길이 이어지더니 전망 좋은 고원지대로 들어섰다. 나울 마을과 자세반장이 내려다보이는 이

고원지대에서 가오리상칼과 룸불히말이 잘 보였다. 이때까지 우리의 목표는 이 날 탁톡에 도착하는 것이었다. 저지대로부터 구름이 조금씩 올라오기는 했지만 날씨가 아주 나쁠 것 같지는 않았기 때문이다. 설산을 배경으로 한 창공에는 람주라라를 넘어 루클라로 향하는 국내선 비행기들이 부지런히 오가고 있었다. 그런데 자세반장으로 내려서는 동안 심상치 않은 구름이 빠른 속도로 모여들었다.

앙 다와에 의하면, 설산 가오리상칼의 티베트식 이름은 '초무치링마'다. 상칼은 시바 신이 지닌다는 나발의 일종인 소라 고동

이므로 가오리상칼은 힌두식 이름일 거라는 정도는 들은 바 있지만, 초무치링마에 대해서는 모른다. 구름이 점점 차올라 소라 고둥 끄트머리 같은 그 뾰족한 정상만 간신히 남겼을 때 우리는 자세반장으로 하산을 시작했다. 응달진 곳으로 난 비탈길은 군데군데 얼어있었고 무너진 곳도 있어서 조심스러웠다. 이윽고 자세반장이 발밑에 보이는 비탈에서 람주라라 능선을 바라보니 그쪽에는 시커먼 구름이 엉키고 있었다. 비나 눈이 올 조짐이었다. 우리는 자세반장의 네 갈래 길에서 목적지를 바꿔야 했다. 검은 구름 속으로 올라가 눈보라를 맞으며 탁톡까지 가는 대신 로딩 쪽으로 내려가기로 했다.

나울에서 세 시간쯤 걸어서 도착한 자세반장에는 6월부터 12월 초까지 일 년에 육 개월만 문을 연다는 큼직한 주막집이 있었다. 올해 서른아홉이라는 건장한 사내, 푸루바 셰르파가 주인장인데 12월부터는 눈이 많이 오고 6월이 오기까지 사람이 안 다니기에 곧 집으로 내려간다고 했다. 사람이 넘나들 수 있는 마지막 나날이기 때문인지 장보러 다니는 짐꾼들이 여럿 있었다. 또한 수십 마리의 야크와 짐을 풀어놓은 몰이꾼도 있었다.

지난봄에 자프레바스에서 만난 사내도 거기 있었다. 짐 지고 다니는 사람치고 체구가 너무 작고 바싹 마른데다 목소리마저 가냘파서 기억에 남았던 사람이다. 그도 나를 알아보고 빙그레 웃기에 라면을 먹다 말고 악수를 했다. 체구는 작아도 손은 장작개비처럼 단단했다.

자세반장의 주막집 주인장 푸루바 셰르파는 비탈 아래 한 시간 거리에 있는 자기 집에서 우리가 머물기를 원했다. 고려해보기로 했다. 한 시간 안에 비나 눈이 많이 온다면 그 집에서 묵을 생각이었다.

그의 집에 도착한 시각은 오후 1시. 자리도 잘 잡았고, 그럴 듯한 집이었다. 마당 귀퉁이에 있는 뒷간은 옛날 우리나라 강원도의 고찰에서나 볼 수 있었던 뒷간을 연상케 했다. 그러나 대낮에 여장을 풀기는 좀 아쉬웠다. 김 선생도 같은 심정이었는지 두어 시간 더 걸어보자고 했다. 그런데 한 시간도 채 못 걸어 비가 뿌리기 시작했다. 가랑비였지만 머지않아 옷을 푹 적실 판이어서 길가의 민가에서 민박이라도 해야겠다고 마음먹었을 때 로딩 마을 어귀에 적당한 집이 보였다. 그런데 입구에 커다란 배낭 두 개를 벗어놓은 젊은 남녀가 비를 맞고 서있었다. 트레킹하는 유럽인 여성과 몽골계 네팔 사람이었다. 그들도 숙소를 찾는 중이었다.

감자도 먹고,
옥수수도 먹습니다

오다 말다 하는 비를 맞으며 주인을 부르고 있자니 초로의 아낙네가 흙이 잔뜩 묻은 손을 털며 나타났다. 채마밭에 쭈그리고 앉아 김을 매다 온 것 같았다. 앙 다와가 그녀에게 숙식이 되겠냐고 물으니 아낙네는 곤란한 표정을 지으며 쌀이 없다고 했다. 그녀 생각에는 우리가 쌀 아니면 안 먹는 부자들이었던 거다. 내가 나서서 네팔말로 거들었다.

　– 부인, 문제없습니다. 우리는 감자도 먹고 옥수수도 먹
　　습니다.

내가 네팔말을 하자 아낙네는 놀랍다는 듯 눈을 동그랗게 떴다.

　– 네팔말 아주 잘하네, 어디서 배웠어요?
　– 네팔 친구들과 술 마시며 배웠어요.

웃기려고 한 말이 아니라 있는 사실을 그대로 말했을 뿐인데, 아

낙네는 파안대소하였다. 앙 다와 서양 여자의 가이드도 웃었다. 가이드 청년은 왜 웃는지 몰라서 머쓱해 하는 서양 여자에게 웃는 이유를 설명해주었다. 그제야 그녀도 웃었고, 다들 다시 웃었다.

아낙네는 우리에게 아랫집 2층을 가리키며 올라가있으라고 하고서 서양 처녀와 그녀의 가이드를 윗집 2층으로 안내한 뒤 우리에게 돌아왔다. 그녀는 화덕(이 지방에서는 화덕을 '줄로'라고 불렀다)에 불을 지피고 소찌아 끓일 준비를 했다. 아래층은 감자나 옥수수를 저장하는 광으로 쓰고 있었다. 2층은 화덕이 있는 부엌이면서 거실 그리고 손님 숙소도 겸하고 있었다. 옥수수를 주렁주렁 매달아놓은 천정에 전등도 달려있었다. 전력은 파부루 마을 앞을 흐르는 솔루 콜라 강의 수력발전소에서 공급된다고 했다.

아낙네의 이름은 나니 마야 마갈. 나의 이모나 큰누님 연배인 줄 알았는데 겨우 마흔여섯이라고 했다. 그녀는 자기보다 훨씬 어려 보이는 김 선생을 아들 같다고 했고, 나는 김 선생보다 나이 좀 들어보이는지 동생 같다고 했다. 그러면서 우리 얼굴이나 체격이 남체에 사는 부자 셰르파들과 흡사하다고도 했다. 마갈은 셰르파, 라이, 림부, 구룽, 따망처럼 네팔 산악지대에 사는 몽골리언의 한 갈래다. 무슨 사연인지 남편과는 헤어졌다고 했고, 카트만두에 나가있는 외아들 빌 바하둘 마갈은 대학생인데 방학을 맞아 친구들과 티베트에 갔다고 했다. 현재 그녀는 조카인 깔루 마갈과 둘이서 살고 있는데, 그는 자폐아인 듯했다. 옆집은 그녀의 친정 동생 티까람 마갈의 집인데, 그는 현재 카트만두에서 트레킹 가이드를 한다고 했다.

윗집으로 올라간 서양 여자 아리안 루레Ariane Roulet는 스위스의 어린이 재단에서 일한다고 했다. 이번 여행은 스위스의 장애 어린이들과 트레킹할 장소를 물색하기 위한 여행이며, 일이 끝나면 일본을 거쳐 스위스로 돌아간다고 했다. 그녀의 가이드인 따망 청년은 몇 달 전 우리나라 인천 지역에서 2개월을 체류하고 돌아와서 우리말을 조금 했다.

- 한국 삼겹살 맛있어요. 많이 먹었어요. 소주 아주 많이
  먹었어요.
- 한국 사람 돼지고기 좋아해요. 개고기도 좋아해요.

그는 일주일 후에 오는 티하르 명절 직전에 장에 가면 토종 돼지
고기를 실컷 먹을 수 있다는 이야기를 했다. 지리에서 토종 돼지고
기 맛을 본 김 선생은 입맛을 다셨다. 이날 우리의 안주는 깍두기 곁

절이. 채마밭에서 뽑아온 주먹만 한 무를 큼직하게 썰어서 소금과 고춧가루를 뿌린 것이었다. 한국에서 김치를 맛본 따망 청년이 '김치'라고 외치며 맛있다고 칭찬하자 다들 한두 개씩 맛을 봤다.

아리안 루레와 따망 청년은 이날 아침 준베시에서 다섯 시간을 걸어 이곳에 도착했으며, 다음 날은 나울에 올라가서 자고 그 다음 날 피케 영봉에 올랐다가 지리 쪽으로 빠질 계획이라고 했다. 그들에게 당분간 숙소가 적당치 않으므로 고생할 각오를 하라고 일러줬다. 그리고 살을 깨물고 피를 빠는 벌레에 대한 대책은 있냐고 했더니 고개를 끄덕이며 주머니에서 연고를 꺼냈다. 그녀가 지닌 연고는 1회용 치약 같은 크기였는데, 조금 짜서 손목, 발목 등에 바르면 벌레가 덤비지 않는다고 했다. 그녀는 잠시 후 자기 방에 가서 다 짜내고 조금 남은 튜브 연고를 두 개 가져다가 우리에게 하나씩 주면서 말했다. 새 것을 하나씩 주고 싶었는데 방에 가서 찾아보니 몇 개 안 남았더라고. 우리는 화덕 주변에 모여 앉아 비에 젖은 몸을 말렸다. 따끈한 소찌아를 마시고, 김이 나도록 데운 꼬도 락시를 마셨다. 저녁 식사는 밤이 되고 나서 거웅꼬 디히로(뜨거운 물에 반죽한 보릿가루)로 했다.

– 와, 이거야말로 선식이네요. 다이어트에도 그만이겠어요.

김 선생은 처음 먹어보는 이 음식에 대해서도 조리법이 단순하고 맛이 담백하다면서 감탄했다. 그날 밤 이 집에는 많은 손님들로 제법 북적였다. 우리가 디히로를 먹기 전부터 옆집 소녀 장무 셰르파가 와있었다. 그녀는 일손을 도와주러 왔는지 오자마자 부엌일을 거들었다.

디히로를 먹고 난 후에는 독특한 행색의 아버지와 딸이 하룻밤 유숙을 위해 찾아들었다. 좁끼오(야크와 물소의 교배종) 등에 쌀을 싣고 팔러다니는 셰르파 부녀였다. 그들은 새벽에 고리(나울에서 차울라카르카 가는 도중에 있는 마을)에서 출발하여 밤중까지 걸어왔다 했다. 아버지를 따라온 소녀 다띠 셰르파는 열 살이라고 했지만, 내 눈에는 일곱 살가량으로 보였다. 그처럼 조그맣고 귀여웠다. 시인 고은의 짧은 시구가 생각나는 소녀였다.

눈깔사탕을 사주고 싶은데
나에게는 딸이 없다.

가을의 구멍가게.

준베시 가는 길,
꿈속에 찾아온 아내

슬픈 꿈에 흐느끼다 깨어나니 새벽 세 시였다. 다행스럽게도 앙 다와와 김 선생은 열심히 코를 골고 있었다. 살그머니 파카를 걸치고 마당에 나가보니 긴 띠구름이 겹겹이 밀려오는 동쪽 하늘에 실낱같은 그믐달이 떠있었다. 바다에 홀로 떠있는 조각배 같았다. 긴 띠구름 사이에 눈동자처럼 박힌 별들이 조금 전 내 꿈에 새삼스러운 빛살을 쏘아보내고 있었다. 뒷간에 다녀오고, 오랜만에 이도 닦은 후 다시 누웠는데 도무지 잠을 이룰 수 없었다. 전등불 아래에 노트를 펼치고 날이 밝도록 일기를 썼다. 그 모습, 그 음성이 내 의식 어디에 그토록 또렷하게 저장되어있었던 것일까. 오는 길 내내 아내가 함께 있는 듯한 느낌이 들곤 하더니 기어이 꿈속에 찾아왔다.

가벼운 아침을 먹고 집 앞에서 기념사진을 찍은 뒤 나니 마야와 작별했다. 나니 마야는 손님 목에 카닥을 걸어주고 합장하여 우리 앞길의 평안을 빌어주었다. 우리도 합장으로 답례하고 길 위에 올라섰다. 아리안과 따망이 향하는 피케 영봉에는 구름이 엉켜 있었다. 피케에는 이제 눈이 올 시기가 도래하였으므로 그 구름은 고생문처럼 보였다.

　우리는 어제 그들이 다섯 시간을 걸어왔다는 준베시로 향했다. 준베시 가는 길은 큰 고개를 하나 넘고, 개울을 건너고, 경사가 급한 산비탈에 올라섰다가 다시 내려가는 길이었다. 중간에 몇 군데 마을을 지났는데, 어느 마을에서는 밭을 갈며 감자를 파종하고 있었고, 어느 마을에서는 콩 타작을 하고 있었다. 감자 심는 마을의 소 모는 농부 한 명은 앙 다와의 고향 사람이었고, 콩 타작하는 집 노인은 앙 다와의 먼 친척이었다.

　전날 술을 많이 마신 탓에 길이 멀게 느껴졌다. 전망이 좋은 자리가 나오면 자주 쉬었다. 우리는 콩 타작하는 노인의 집에서 '시미'라고 부르는 콩을 삶아먹었고, 소찌아도 한 주전자 마시면서 허기를 달랬다. 나무다리가 있는 개울을 건너 준베시쪽 비탈을 오를 때 기침이 심하게 났다. 목구멍에서 기분 나쁜 냄새가 나는 것 같았다. 비탈이 아주 심했고, 잠을 제대로 못 잤기 때문이었다.

　준베시에 도착했을 때는 몹시 지쳐있었다. 땀에 전 옷을 벗고 마른 옷으로 갈아입은 후 침낭 속에 들어가 한숨 잤다. 창밖에는 비가 주룩주룩 내리고 있었다.

이 뺀 자리가 아파서
반창고 붙인 스님

밤에 빗소리가 크더니 앞산에 눈이 하얗게 왔다. 아침 먹으러 식당으로 내려가는 계단에서 현기증이 났다. 우리가 묵은 롯지는 넓고 크고 깨끗한 2층집이었다. 서양 노인이 젊은 셰르파 가이드와 함께 투숙하고 있을 뿐 방은 모두 비어있어서 조용했다. 식당에는 주인인 늙은 셰르파 부부와 심부름 하는 소년 한 명이 있었다. 카트만두에서 초등학교를 다닌다는 아홉 살 먹은 어린 딸 니마 양지 셰르파도 방학을 맞아 부모를 돕고 있었다. 니마 양지는 작년에 한국에서 온 촬영팀이 한 달 동안 머물며 셰르파 문화를 취재해갔다는 것을 기억하고 있었다.

주인 부부에게 약국이 어디 있는지 물으니, 약국은 없고 조금 있다가 의사를 만나보라고 했다. 무슨 말인가 했더니, 이곳 준베시에 의사 1명이 상주하는 진료소가 있으며, 그 의사는 보름 동안의 휴가를 얻어 고향에 갔다가 마침 어제 돌아왔다고 했다. 그리고 그는 우리가 투숙한 롯지의 하숙생이라고 했다. 과연 아침 차 마시는 시간에 그를 만날 수 있었다. 젊고 잘생긴 그는 아침 10시부터 오후 2시까지만 진료를 한다면서 그 사이에 진료소로 오라고 했다. 진찰료는 외국인의 경우 50루피, 내국인은 15루피며, 약

은 무상으로 준다고 했다. 준베시의 이 진료소는 3년 전부터 오스트리아 사람이 후원해주고 있다고 했다. 카트만두의 트레킹 회사 대표인 앙 치링 셰르파가 대표로 있는 NGO에서 관리하는 이 스폰서십은 의사 1명, 간호보조사 1명 그리고 각종 의약품을 지원하고 있었다.

우리는 우선 툽텐 체링 곰파를 거쳐 팡가르마를 둘러보고, 오후에 돌아오면서 진료소에 들르기로 했다. 롯지를 나서서 30분쯤 걸었을 때 이슬비가 뿌리기 시작했다. 앙 다와가 멘 배낭 속에 우산이 있었지만 귀찮아서 그냥 걸었다. 툽텐 체링 곰파로 향하는 오르막 밑의 넓은 감자밭에서 야영을 하고 철수 중인 그룹이 보였다. 서양 중년 여성 한 명이 4명의 포터, 2명의 요리사, 1명의 가이드를 대동한 그룹이었다. 늙수그레한 셰르파 가이드에 의하면 이들은 '둣 쿤드' 베이스캠프에 간다고 했다.

실은 우리도 카트만두를 출발할 때는 피케에 오른 후 '둣 쿤드' 베이스캠프에 가 볼 생각이 없지 않았다. 팡가르마의 남겔과 상의하여 준베시에서 포터와 식량과 장비를 구한다는 구체적인 계획도 있었다. 그러나 감기로 인해 체력이 현저하게 떨어져있었기에 다시 생각해야만 했다.

혼자 7명이나 되는 현지인들을 대동한 서양 여자가 양손에 스키폴을 쥐고 경중경중 앞서 가는 길은 팡가르마로 가는 길이었다. 우리는 툽텐 체링 곰파로 오르는 중에 빈 자루를 하나씩 들고 내려오는 비구니들을 만났다. 내가 네팔말로 어디 가느냐고 물으니 감자를 사러간다고 했다. 대답이 자연스러운 걸로 봐서 내가 네팔이나 티베트 사람인 줄 알았던 것 같다. 네팔의 곰파에서는 우리나라 절에서처럼 공동취사를 하지 않고 개인 양식으로 제각기 취사를 하는 것이 일반적이라는 건 알고 있었지만, 스님들이 자루를 들고 감자 사러 나가는 모습이 낯설게 느껴졌다. 뒤에 내려오는 비구니 두 분은 양 볼의 똑같은 부분에 반창고 같은 것을 붙이고 있기에 '께 바요?(왜 그래요?)'라고 물었더니 이를 뺀 자리가 아파서 붙였다고 하면서 손가락으로 입술 가장자리를 당겨서 어금니가 빠져나간 붉은 잇몸을 보여주었다. 우리나라라면 어림도 없는 수작에 어금니 뺀 자리까지 보여준 스님이 바보스러울 정도로 천진하게 느껴졌다.

곰파의 대법당 앞에 많은 물건들이 쌓여있고 그 주변에는 스님들이 몰려있었다. 물건을 배급하는 날인지 스님들이 약간 들떠있었다. 한 스님은 케이크 같은 것을 안고서 뭐가 그리 좋은지 싱글벙글이었다. 법당 안에 따로 마련된 강의실 같은 곳에서는 젊은 스님들이 텔레비전을 통해서 다큐멘터리 같은 것을 보고 있었다.

곰파를 벗어나 다시 30분을 걸어서 도착한 팡가르마 앙 마야 셰르파의 친정집에는 마침 온 식구가 다 모여있었다. 봄에는 못 보았던 앙 마야의 올케(남껠의 처)와 아버지도 있었고, 남부 평원지대로 이주한 조카 그리고 앙 마야 셰르파의 딸 밍마도 방학을 맞아 와있었다. 밍마는 다음 날 파부루로 가서 비행기편으로 카트만두로 돌아간다고 했다. 우리 집에 처음 왔을 때처럼 바싹 마른

얼굴이긴 한데, 전에 없던 여드름이 송송 돋아 사춘기가 되었음을
알리고 있었다. 동생 치링에 비하면 예쁜 얼굴이 아니지만 태도나
말씨가 아주 착해서 대견했다. 실내에는 외지 손님도 많았다. 키
가 크고 뼈대도 굵은 덴마크 사내와 그의 가이드, 감자를 사러온
툽텐 체링 곰파의 비구니들, 떠돌이 그릇 장수 등이었다.

　덴마크 사내는 팡가르마를 비롯한 인근 마을을 돕는 NGO의
후원자인데, 남겔과 함께 오후 1시에 있을 마을 회의에 참석하기
위해 잠시 들렸다고 했다. 소찌아를 마시고, 감자를 삶아먹고, 큼
직큼직하게 자른 야크 치즈도 몇 토막 먹고 난 후에 창을 마셨다.
버터를 살짝 두른 냄비에 따끈하게 데운 창이었다. 2시 직전에 남

겔과 작별하고 준베시의 진료소로 내려왔다.

의사는 청진기로 숨소리를 듣고, 손전등을 비추어 목구멍을 들여다본 후 진단을 내렸다. 내 병은 기관지염, 앙 다와는 코감기였다. 의사는 나에게 항생제가 든 닷새 분량의 약을 지어주면서 찬바람을 쐬는 게 좋지 않으니 며칠 푹 쉬는 게 좋겠다고 했다. 숙소에 돌아와 약을 먹고 저녁까지 푹 잤다. 저녁을 먹은 후에도 약을 먹고 취해서 다시 잤다. 다음 날은 7시 30분에야 앙 다와가 올라와 깨우는 바람에 일어났다. 식당에 내려와 김 선생과 함께 서양식 수프와 짜파티를 먹고 다시 올라와 누웠다. 김 선생에게는 미안한 일이지만, 푹 쉬면서 몸을 회복해야 했다. 2시경 일어나 식당에 내려가보니 김 선생은 앙 다와와 함께 탁톡에 올라가서 아주 푸짐한 달밧떨커리를 싼 값에 먹고 내려왔다고 했다. 나는 기운을 차리기 위해 맛도 없는 '치킨 누들 수프'를 먹고 다음 날 일정을 의논했다. 내일은 아침 일찍 나서서 살레리쪽 산꼭대기에 있는 체왕 곰파에서 자기로 했다. 그러나 숙소가 마땅치 않으면 파부루나 살레리까지 내려가 숙소를 정하기로 했다.

몸 아픈 핑계로 이쯤에서 걷기를 그만두고 파부루에서 비행기로 철수하고 싶은 생각도 없지 않았다. 그러나 김 선생에게 누누이 했던 말, 즉 배에 '王'자가 새겨질 때까지 걸어보자고 한 말이 생각나서 차마 그러지 못했다. 만일 나 혼자 걷는 중이었다면, 이쯤에서 접어버렸을 수도 있었을 순례가 김 선생으로 인해서 간신히 이어졌다. 오후 늦게 구름이 터지면서 푸른 하늘이 비쳤다. 사흘 내리 비가 오고 구름이 잔뜩 껴서 햇살을 보기 어려웠던 준베시에서 푸른 하늘을 본 김 선생은 시애틀이 생각난다고 했다. 김 선생은 오래 전 시애틀에서 머물 때, 그런 날씨가 3개월이나 이어지는 적이 있다고 했다.

　이날 위성전화가 있는 롯지를 찾아가 국제전화를 했다. 어머니는 왜 이리 오래 있냐며 되도록 빨리 오라고 했다. 돌아갈 날이 아직 한 달도 더 남았는데 벌써부터 오라고 하시니 부담스러웠다.

갑작스런 마을 잔치

준베시를 떠나는 날 아침에야 해가 나왔다. 맑은 겨울 아침 같은 햇살 속에 나오니 몸도 가벼워진 것 같았다. 여러 날 쉬었고, 아직도 약에 취해 몽롱한 상태에서 길을 걷는 데 오히려 즐거웠다. 7시부터 9시까지 두 시간에 걸쳐 산책하듯 가벼운 걸음으로 나징 마을 삼거리 주막집에 도착했다. 차를 마시며 들여다보니 부엌이 깨끗하고 잘 정돈되어있어 음식에 관한 '사우니(주부의 높임말)'의 자부심을 보는 듯했다. 이 집에서 아침 겸 점심을 먹으리라 작정하고서 달밧떨커리를 주문했다. 사우니는 쌀을 씻고, 사우니의 초리(딸)는 반찬거리를 다듬고, 초라(아들)는 장작 몇 개비를 안아왔다. 주인집 식구들이 밥을 짓는 동안 김 선생은 집 앞 수돗가에서 머리를 감았다. 물이 차서 비누가 안 풀리지만 기분은 상쾌하다면서 말했다.

  - 준베시의 '부자' 롯지에는 이런 멋이 없어요. 음식은 깔끔하지만 양도 너무 적고, 어째 정이 느껴지지 않더군요.
  - 어제 탁톡 주막집에서 푸짐한 달밧떨커리를 잡쉈다더니 느낀 바가 많았군요.

– 화덕에서 나는 매운 연기와 무는 벌레만 없으면, 주막 집이 훨씬 낫겠어요.

– 동감입니다. 아프지 않았더라면 벌써 이런 집을 찾아 내려왔겠지요.

주막집 2층은 숙소 같았다. 뒤로 돌아가면 뒷간도 있었다. 집 주변에는 금잔화를 삥 둘러 심었는데, 주막집 수캐의 목에도 금잔화 목걸이가 둘러져있었다. 티하르 명절 중에는 사람뿐 아니라 개나 소에게도 감사하고 복을 빌어주는 풍습이 있는데, 이날이 개를 위한 날이고 다음날은 소를 위한 날이었다. 푸짐한 밥을 든든하게 먹고 다시 길을 나섰다. 길은 주막집 앞에서 세 방향으로 갈라진다. 하나는 우리가 준베시에서 내려온 길, 다른 하나는 지리로 가는 지름길(살베시, 둠북, 탁톡을 거쳐 람주라라를 넘는 길), 마지막은 베니가트를 거쳐 파부루 방향으로 내려가는 길이다. 두 번째의 둠북은 며칠 전 우리가 로딩에서 준베시로 갈 때 통과한 마을이다. 세 번째 길은 물소리 낭랑한 시냇물을 끼고 베니가트로 이어졌다.

12시쯤 베니가트에 도착하여 지나가는 스님에게 체왕 곰파 가는 길을 물었다. 그 스님은 마침 체왕 곰파에 사는 스님이었다. 곰파에서 하룻밤 유숙할 수 있냐고 물으니 된다면서 산비탈로 오르는 길을 가리켰다. 12시 30분에 파부루 공항 활주로가 보이는 언덕에 이르렀다. 앞산 비탈의 농가에서 타작하는 소리가 단조롭게 들리더니 비행기의 굉음이 크게 다가왔다. 파부루의 활주로에 내리는 비행기였다.

얼마 안 가 체왕 곰파에 도착했다. 가파른 비탈에 널찍한 계단을 내어 걷기는 좋았으나 고도가 높아 숨이 찼다. 일주문을 들어서서 왼쪽 산 밑에 위치한 작은 곰파에는 여자와 개만 있었고, 더 위에 있는 체왕 곰파의 대웅전 문 앞에는 사나워 보이는 개가 드러누워있었다. 혼자 조용히 수양하러 와있기는 좋은 곰파일지 몰라도 객질하러 다니는 나그네 셋이 대낮부터 여장을 풀기는 적당치 않았다. 벼랑 밑에 빤히 내려다보이는 파부루 혹은 살레리까지 가기로 했다. 파부루로 가는 물 바토(큰길)에 내려섰을 때 베니가트에서 만났던 스님을 다시 만났다. 스님은 커다란 상자를 등에 업은 짐꾼을 데리고 있었다. 그 상자의 포장으로 보아 한 시간 전에 파부루에 내린 비행기에서 인수한 물건인 듯했다. 삼십 대의 체구가 우람한 그 스님은 우리가 곰파에 머물지 않고 그냥 내려온 것이 섭섭한 듯했다.

쉬지 않고 빠르게 걸어서 파부루를 거쳐 3시경에는 살레리를 통과했다. 본의 아니게 준베시라는 큰 동네를 며칠 경험한 우리는 경찰서나 비행장이 있는 파부루나 살레리에서 묵는 것에 흥미를 잃었다. 앙 다와에 의하면, 살레리에 인접한 시장 거리인 돌포 바잘에서 토요일마다 장이 서는데, 마침 다음날이 장날이었다. 이왕이면 돌포 바잘 부근에 숙소를 구하고 장날 구경을 하기로 했다.

장마당 주위로 상설 점포들이 늘어서있는 돌포 바잘에서 1킬로미터쯤 더 내려간 네왈리 마을의 잡화상을 겸한 주막집에서 방을 물으니 길 건너 2층집 아이들 방을 보여주었다. 침대가 마침 세 개 있고, 아래층에는 수세식 화장실도 있어 그럭저럭 머물 만했다. 책과 공책, 가방 등이 어지럽게 흩어져있는 방을 아이들 엄마가 깨끗이 정돈해주었다.

여장을 풀고, 주인집으로 건너가보니 자심감이 넘치는 삼십대 후반의 건장한 사내가 식구들과 감자를 먹다가 악수를 청했다. 주인 할머니의 큰아들 수레스타 씨였다. 그는 마오이스트 공산당 지구당 위원장이라고 자신을 소개하고서, 집에서 멀지 않은 청소년 회관에서 진행 중인 어린이들의 댄스파티에 가자고 했다. 그가 안내한 청소년 회관은 SOLU FM라디오 방송국의 공개홀이었다. 덴마크 NGO의 도움으로 작년에 지었다는 이 건물에 마을의 남녀노소가 다 모여있는 듯했다. 티하르 축제를 맞아 마을의 어린이와 부녀자들을 즐겁게 해주기 위한 마을 청년회의 파티였다. 수레스타는 무대 바로 앞에 우리 자리를 만들어주었고, 사회자는 우리를 무대로 불러내 자기소개를 부탁했다. 갑작스런 일이라 당황했지만 '한국에서 왔으며, 초대해줘서 고맙다'는 짧은 인사말을 했다. 우리가 무대에서 내려오자 동네 유지들이 차례로 올라가 짧은 연설을 하였다. 마오이스트 공산당 살레리 지구당 위원장인 수레스타도 물론 무대에 올라가 연설을 했다.

연설이 끝나자 어린이들의 춤이 시작되었다. 인도 영화에 나

오는 인도식 디스코 춤도 추었고, 네팔 전통 춤도 추었다. 특히 엄마들은 자기 아이의 춤을 보면서 열광했다. 무대에 마련된 탁자에는 텔레비전, 오디오, 비디오, 디지털 카메라, 황금 컵 등의 상품이 진열되어있었고, 당첨번호를 뽑기 위한 숫자가 적힌 공을 담은 바구니도 세 개나 있었다.

이곳 살레리가 솔루쿰부의 중심지라는 것은 알고 있었지만 FM방송국까지 생기고, 청년회의 청년들이 공개홀에서 부녀자들을 위한 공연까지 벌이는 줄은 몰랐다. 더구나 마오이스트의 정치적 입지가 그렇듯 확고하다는 것도 처음 알았다.

돌포 바잘에서의 짧은 메모

나귀가 비를 맞으며 걸어간다. 나귀 등과 길바닥 때리는 빗방울 소리가
묘한 화음을 이루며 아프게 들린다. 여기는 돌포 바잘의 네왈리 마을.
주막집과 점포들이 길가에 늘어선 마을.

   낮에는 가이 자트라가 있고, 밤에는 락시미 뿌자가 있다는 티하르 명절
아침이다. 어느 집에선가 쿵쿵 절구질하는 소리가 나고 주인집 네왈리
소녀는 우산을 쓰고 나가 우유를 사온다.

   비는 오다 말다하고 우리는 기어이 장에 나와 해장술을 마셨다.
어린아이처럼 작고 천진한 라이 영감과 할망의 좁고 허름한 주막집.
아침부터 혀 꼬부라진 체트리 영감이 술주정을 하건 말건 스머프 요정처럼
명랑하게 돼지고기를 볶고 락시를 내린다. 카트만두에 산다는 외아들과
며느리의 사진도 보여 주면서 한국에 보내고 싶다고 한다.

   또 다른 라이 주막집으로 옮겨 락시 또 몇 잔. 주막집마다 락시 맛이
다르다. 젊은 엄마의 어린 아들 둘이 나란히 앉아 소간으로 끓인 국에 밥
말아먹는다. 세 살, 다섯 살 먹은 두 아들을 두고 남편은 육 개월 전에
죽었다. 머리가 아프다고 하더니 병원도 못 가보고 죽었다고 혼잣말하듯
주절주절 만두를 빚는 젊은 엄마. 돼지고기 속을 넣은 만두와 고리에서
금방 내린 락시가 나온다. 문밖에서 빗물이 튕겨 들어오지만 장작불이
이글이글 타는 화덕의 술 고리 속에 새 술이 고이고. 여기서 과음하면 안
된다. 아직 아침이고, 주막집도 아직 많다.

소에게
감사하는 의식

'가이자트라'는 집에서 기르는 소의 노고를 위로하는 의식이다. 개에게 그랬던 것처럼 소의 목에 금잔화 꽃목걸이를 걸어주고 소가 좋아하는 밀기울 같은 것을 대접한다. 소도 이날이 자기네 날인 줄 아는 것처럼 대접 받는 태도가 천연덕스럽다. 부인네들이 붉은 흙을 곱게 바른 문지방 밑 축대 위에 초콜릿 케이크 같은 똥을 한 덩어리 떨어뜨린들 야단치는 사람도 없다.

앙 다와에 의하면 이런 대접을 받으며 눈물 흘리는 소도 있다고 한다. 그런 소는 전생에 인간이었으며, 다음 세상에는 다시 인간으로 태어날 수 있는 소라고 한다. 소에게 보리심이 생기기를 빌며 티카를 해준 후에는 가족을 위해 소처럼 일하는 부인네들끼리 서로의 노고를 치하하고 위로하는 의미의 티카를 해주고 음식을 나누어 먹는다. 가이자트라를 마치면 저녁에 있을 '락시미 뿌자'를 준비한다. 음식을 만들고 집 안팎에 놓을 등잔의 심지를 말고 문설주에 복을 비는 문양을 그린다. 남정네들은 붉고 푸른 전구들을 전깃줄에 줄줄이 이어 대문과 창문 등 모든 문들을 치장한다. 밤이 되면 길가에 늘어선 모든 집들의 붉고 푸른 전구들이 일제히 불을 밝힐 것이다. 부귀영화를 가져다주는 여신 락시미는 밝

은 빛을 좋아하기 때문이다.

　다음 날인 토요일은 돌포 바잘에 장이 서는 날이라서 왕래하는 사람이 많았다. 그들은 장 서는 마을을 찾아 날마다 이동하는 장꾼이기도 하고, 장을 보기 위해 하루 종일 걸어온 먼 산골 사람이기도 하다. 먼 산골 사람이 무슨 돈이 있는가. 대신 감자나 옥수수를 지고 와 돈을 만든다. 그 돈으로 쌀을 사고, 소금을 사고, 성냥이나 라이터를 사고, 싸구려 플라스틱 팔찌도 하나 산다.

　그렇게 돌포 바잘을 찾아온 산골 사람 중에는 아버지와 딸도 있었다. 라이족인 이 부녀는 어두와(생강)를 짊어지고 가가호호 다니며 문전 거래를 벌였다. 장 서기 전날부터 부지런히 팔지 않으면 다음 날 밤중까지 걸어야 집에 도착하기 때문이라고 했다. 문득 로딩의 주막집에서 같이 묵었던 셰르파 부녀가 생각났다. 야크 등에 쌀자루를 지워 새벽부터 걸어서 밤늦게야 주막집에 도착했던 부녀가 부러웠듯 생강을 지고 장에 온 라이 부녀도 몹시 부러웠다. 나도 그렇게 먼 길 데리고 다닐 착한 딸을 하나 기르고 싶었다. 싸구려 플라스틱 팔찌도 하나 사주고, 돼지고기 속 넣은 만두도 한 접시 같이 먹고 싶었다.

물동이에도
목걸이가

여신 락시미가 미칠 듯 좋아하는 꽃이 금잔화라고 한다. 네팔어로
는 '사야파트리'고, 영어로는 '마리골드Marigold'인 이 꽃은 티하
르 무렵에 절정을 이루는 황금색 꽃이다. 네팔의 모든 마을과 집
에서 정성 들여 가꾸는 금잔화는 신과 신의 사자인 짐승들에게 치
성을 드리고, 가족과 이웃의 무병장수를 비는 데 쓰인다. 꽃목걸
이를 만들어 집 지키는 개의 목에 걸어주고, 일하고 젖 주는 소의
목에 걸어주고, 먼 길 떠나는 가족의 목에 걸어준다. 오늘 같은 티
하르 명절에는 모든 문을 금잔화로 치장하여 여신 락시미가 즐겁
게 찾아와주기를 기원한다. 돌포 바잘의 네왈리 마을 수레스타 집
에서는 부엌의 크고 작은 물동이에도 금잔화 목걸이를 걸어주었
다. 소녀들이 쓰는 작은 물동이와 어머니들이 쓰는 큰 물동이가
금잔화 꽃목걸이를 목에 걸고 부엌 선반 위에 나란히 앉아있는 모
습은 이미 행복으로 가득했다.

　날이 어두워지면서 집 앞을 치장한 수십 개의 붉고 푸른 전구
들이 휘황한 빛을 뿜기 시작할 무렵 수레스타 씨네 부녀자들은 조
그만 등잔불들을 밝혀 쟁반에 담아들고 하나하나 놓을 자리에 놓
기 시작했다. 문 앞에 놓고, 문지방에 놓고, 2층으로 올라가는 계

단 밑에 놓고, 계단 위에 놓았다. 거리에 모든 집이 그렇게 불을 밝혀놓고 밤을 맞으면 동네 아이들이 패를 모아 이웃집 문 앞에서 노래하고 춤을 추며 용돈을 거둔다. 노래 중에는 티하르에만 부르는 돌림노래 같은 것도 있다. "데슐레, 데슐레, 데슐레……"하는 후렴이 따르고, 노랫말은 그때그때 일정한 운에 맞추어 덕담을 지어서 부르는 듯했다. 이를테면 다음과 같다.

수레스타 누나는 복도 많지 복도 많아.
큰오빠는 우리 마을 공산당 위원장, 위원장,
작은오빠 캐나다 건너가서 공부한다. 공부한다.
시집갈 때 됐다네. 시집갈 때 됐다네.
데슐레, 데슐레, 데슐레, 데슐레…….

조그만 소년들 패거리가 지나가고, 소녀들만의 패거리도 지나가고, 털 나기 시작한 이팔청춘들도 지나간 뒤에 후줄한 복색의 티베탄 난민들도 등장한다. 영감님은 티베탄 기타를 켜고 아주머니들은 한 줄로 길게 서서 합창을 하며 티베탄 전통 춤을 추는데, 곡조가 얼마나 구슬프던지…….

사오십 년 전에는 돌포 바잘에서 그리 멀지 않은 고장인 '잘사'라는 곳에 티베탄 난민촌이 있었고, 난민들이 모여 카펫을 짜서 팔았는데 지금은 모두 뿔뿔이 흩어졌다고 한다.

관솔을
품에 넣다

아는 사람은 다 알겠지만, 관솔이란 잘게 쪼갠 소나무 옹이를 말한다. 송진이 짙게 배어있어서 불이 잘 붙고 오래 타기 때문에 불쏘시개로 쓴다. 관솔은 아궁이에 장작을 때서 밥하는 산골 부녀자들에게 아주 요긴한 물건이다. 아궁이의 불씨가 꺼져 새로 불을 지펴야 할 때 쓰는 불쏘시개로는 관솔만 한 게 없다. 그래서 부엌 한쪽 선반 위에 잘 모셔둔다. 정월 대보름 불놀이 횃불을 만들 때도 군데군데 관솔을 끼웠던 기억이 난다. 강원도 삼척군 대이리 귀틀집 벽의 코클(강원도 산간 지역에서 사용하는 조명과 난방을 겸하는 시설로써 진흙으로 아궁이처럼 만들며 굴뚝은 집 밖으로 빼낸다)에도 관솔을 땠던 것 같다. 어린 시절의 나는 관솔이 소나무의 뼈다귀라고 생각했다. 소나무의 뼈다귀에서는 이리도 좋은 향내가 나는구나 생각했다. 맛은 어떤가 싶어 조금 씹어보기도 했다. 요즘 많이들 마시는 솔잎차 맛이 났다. 내가 스무 살 무렵이었던 1970년대 초까지는 강원도 산골 장에 관솔이 나오곤 했다. 그때까지는 장작을 때서 밥하고 온돌을 데우는 집이 많았다.

돌포 바잘의 장날, 수많은 장꾼들 틈에서 수십 년 만에 만난 관솔은 감격스러울 정도로 반가웠다. 오빠를 따라온 누이가 작은

다발로 묶어 두 손에 들고 있던 관솔이었다. 한 다발 사서 품에 안았더니 하늘이 더욱 파란 것 같았다.

　여태껏 먹어본 중에서 가장 맛있는 만두도 이곳 돌포 바잘에서 먹어보았다. 장터 비탈 맨 위의 3층 건물 1층에 있는 주막집 '셰르파 호텔'이 그 집이다. 왼쪽에는 방앗간이 있고, 오른쪽 비탈에는 닭 팔러오는 사람들이 모이는 곳이어서 찾기 쉽다. 모모 뚝바라는 만두국도 아주 맛있지만 술맛은 더욱 각별하다. 창이라면 흔히 막걸리를 말하는데, 우리나라 동동주와 비슷한 것은 따로

'닝알'이라고 부른다. 여태껏 먹어본 닝알 중에서 최고의 맛은 바로 이 집의 것이었다. 관록 있어 보이는 셰르파니가 주인장인데 식당 운영에 체계가 잡혀있고 깔끔했다. 만두 찌는 찜통이며 솥이며 냄비가 모두 반짝반짝했다. 장작 때는 재래식 아궁이 두 개, 전기 화로 그리고 숯을 쓰고 있었다. 주인장을 도와주는 키 큰 처녀의 일손도 바지런하고 상냥하여 흐뭇했다.

돌포 바잘의 장은 매주 토요일에 선다. 아침 7시부터 장꾼들이 모여들기 시작하더니 11시경에는 와글와글 들끓는 솥처럼 사람이 많아졌다. 장터 곳곳에 총이나 몽둥이를 든 전투경찰들이 모여 있어서 내전의 불씨가 아직 남아있음을 느끼게 했다.

옥수수 알갱이만 따 모은 자루 속에 담아온 알이 작은 토종 달걀을 흥정하는 모습도 지켜보았다. 달걀을 팔러온 시골 아주머니는 달걀 한 개에 15루피(약 200원)를 받고 싶어했는데, 시장에서 장사하는 아주머니가 매몰차게 깎더니 결국 11루피(140원)에 거래되었다.

춤추는 사람들

장터 입구의 이발소에서 삭발을 하고 콧수염도 다듬고 숙소로 돌아와 늦은 아침을 먹었다. 정오 직전에 수레스타 가족과 작별하면서 기념사진을 찍었다. 그 후 네 시간을 걸어서 도착한 마을이 네레바잘이었다. 나중에야 확실히 알았지만 네레바잘은 소풍의 주방장이었던 겔루 셰르파의 고향이었다. 그러니까 겔루의 아내이며 현재의 주방장인 마야 셰르파의 시댁이 있는 곳이기도 했다. 부주방장인 사노 마야 셰르파의 고향도 네레에서 멀지 않았다. 김 선생과 내가 네 시간 동안 걸은 그 길은 겔루 셰르파 부부와 사노 마야 셰르파 등이 무던히도 오고간 길이었다.

그 길은 마을과 외딴집과 경작지 사이로 구불구불 이어졌는데, 마을마다 술을 내리고 금잔화 꽃을 따서 꽃목걸이를 만들고 있었다. 카세트 오디오가 있는 집에서는 음악을 크게 틀어놓았다. 티하르 명절의 절정을 이루는 바이티카bhai tika가 다음 날 오전부터 시작되기 때문이었다.

이날 우리가 숙소로 삼은 주막집에는 명절을 맞아 식구들이 한자리에 모여있었다. 내 당숙 중 한 분과 비슷하게 생긴 작은 키의 영감님, 가녀린 몸매의 낙천적인 할머니 그리고 딸 넷과 막내

아들. 그리고 동네 사람도 여럿 모여있었다. 동네 사람 중에는 한
국어를 하는 사내도 있었다. 알고 보니 한국에서 이주 노동자로
일했던 사람이었다. 이 마을 사내 십여 명이 서울 인근에 모여살
고 있는데, 그들 대부분은 불법체류 중이라고 했다.

　날이 어두워질 무렵부터 장마당 여기저기 동네 사람들이 모여
춤을 추기 시작했다. 집집마다 매단 오색 전구가 빛을 발하고 카
세트 오디오 볼륨을 한껏 높인 가운데 군무를 추는 사람의 수가
늘어났다. 춤추는 사람 중에는 서양 여자도 있었다. 어디서 봤다
싶어 가까이 가보니 그녀는 로딩에서 만났던 아리안이었다. 그녀
의 가이드 따망 청년도 같이 있었다. 그들은 피케로 향하던 중 비
와 눈으로 엄청나게 고생하다가 철수하여 전날 이곳 네레바잘에
도착했으며 다음 날 파부루로 이동하여 비행기 편으로 카트만두
로 돌아갈 예정이라고 했다.

동생에게
꽃목걸이 걸어주는 누나

주막집 내외의 장녀 줄리는 살레리에 있는 솔루쿰부 멀티플 캠퍼스라는 대학에 다니고 있었다. 우리 학제로는 대학교 2~3학년에 해당하는 15학년인 줄리는 살레리 돌포 바잘에 있는 SOLU FM라디오 방송국 리포터도 겸한다고 했다. 줄리의 여동생 셋과 남동생 모두 학교에 다니고 있었다. 스무 살 키란과 두 살 터울 사리따는 11학년, 열여섯 짠다는 8학년 그리고 열네 살 먹은 막내 외아들 사전은 9학년이었다. 다섯 자녀 모두 학교에 다닌다는 것만으로도 다복한 가정이었다.

티하르 축제의 마지막 의식이기도 한 '바이티카'는 누나가 남동생의 무병장수를 빌어주는 의식이다. 장녀 줄리는 막내 사전의 바이티카를 위해 며칠 전부터 노란 금잔화 꽃과 보라색 비텔넛 꽃을 따 모으고 로티(도넛 형태로 튀긴 쌀 과자)를 튀겼다. 로티는 집에 찾아오는 동네 동생 등 손님에게도 고루 대접해야 하기 때문에 백 개 이상 튀긴다.

키란과 사리타 등 여동생들이 언니 줄리를 도와 로티를 튀겼다. 꽃도 많이 필요하다. 따 모은 꽃이 모자라면 장에서 사오기도 한다. 꽃목걸이를 만들고, 감자를 깎았다. 의식을 준비하는 누나

들은 바이티카를 마치는 오전 11시까지 아무것도 먹지 않는다. 11시가 되자 줄리는 식당의 카운터와 시바 신을 모신 선반 주변을 꽃과 향과 촛불로 장식하고, 식당으로 들어오는 문지방에는 붉은 흙물로 문양을 그렸다. 그리고 문양 가운데 초를 놓고, 주변에는 꽃잎을 수북이 얹었다. 그 사이 키란과 사리타 등은 식당 바닥에 기다란 멍석을 펴고 멍석 위에는 카펫을 깔았다.

이렇게 바이티카 준비가 끝나자 외아들이자 막내인 사전이 깨끗한 옷을 입고 나타나 신을 벗고 멍석 위에 앉았다. 줄리는 사전이 자리에 앉자 그 앞에 꽃 접시를 놓고 가운데 놓인 초에 불을 붙였다. 심지에 불을 붙여서 그 불로 동생의 온몸을 씻기는 시늉을 한 후 꽃 위에 놓았다. 그 다음에는 사전의 머리 위에 꽃잎을 수북이 얹어놓고서 머리 위로부터 꽃잎을 비처럼 흩뿌렸다. 그리고 보라색 말라(꽃목걸이)와 노란 금잔화 말라를 동생 목에 걸어주었다. 그 다음에는 제3의 눈이 있는 자리라고 하는 미간에 찐득한 더히(요구르트)에 갠 흰 염료를 찍고, 그 위에 붉은 염료를 찍고, 다시 노란 염료를 찍었다.

티카란 바로 이렇게 이마에 점을 찍는 의식인데, 동생에게 한 컵의 더히를 직접 먹여주고 로티가 든 접시를 손에 들려주는 것으로 마무리되었다. 이렇게 줄리의 바이티카가 끝나자 사전은 누나 발등에 이마를 대고 엎드려 감사를 표한다. 얼마간의 돈이 든 봉투도 누나에게 바친다. 줄리는 여동생들도 사전 옆에 나란히 앉히고 같은 의식을 되풀이했다. 여동생들도 언니에게 티카를 해준다.

줄리는 부모님과 친척 어른들에게도 티카를 해드렸다. 동생에게 한 것 같은 절차는 생략하고 티카만 한 후 목에 말라를 걸어드렸다. 식구끼리의 티카가 끝나자 친척 동생이나 동네의 동생 친구들이 찾아왔다. 줄리를 '디디(누나 또는 언니)'라고 부르는 모든 동생들이 다 오는 것 같았다. 줄리는 이들에게도 친동생 사전에게 한 것과 똑같은 방식으로 티카를 해주었다. 그리고 더히와 로티, 바나나, 감자, 호두 등이 담긴 접시를 돌려 대접했다. 이들도 사전처럼 줄리의 발등에 이마를 대고 엎드려 감사를 표하고 돈이 든 봉투를 바친다.

이렇게 티카가 완전히 끝나면 밥을 먹을 수 있다. 그러나 줄리는 아직 밥을 먹을 수 없었다. 십 리 밖 산비탈에 사는 작은아버지 티카를 아직 못했기 때문이다. 병이 들어 출입이 자유롭지 못하기 때문에 줄리가 직접 찾아가서 티카를 해드려야 한다. 줄리는 둘째 여동생 사리따를 데리고 작은아버지 집을 찾아갔다. 줄리에 의하면, 바이티카의 기원은 동생을 데리러 온 염라대왕을 누나의 기지로 속여서 그냥 보냈다는 전설에서 비롯되었다. 그러므로 집안에 환자가 있으면 꼭 찾아가서라도 바이티카를 해준다고 한다.

줄리의 아버지 자갓 바하둘 구룽은 퇴역 군인이었다. 소년시절 인도군 용병으로 입대하여 청춘을 바친 덕분에 매달 연금을 받는다고 했다. 우리가 하룻밤 묵었던 2층 큰 방 장식장에는 인도 영화배우의 브로마이드 사진이 붙어있고 가족사진들이 세워져있었는데, 그 한가운데 있는 오래된 흑백 사진의 주인공이 바로 자

갓 바하둘 구룽이었다. 스무 살이나 됐을까. 부대 마크와 훈장을
단 군복에 공수병 베레모를 쓴 자갓 바하둘 구룽의 얼굴은 막내아
들 사전의 형처럼 앳되었다. 키도 아주 작았다. 그러나 60회 이상
낙하산을 펼친 경력이 있으며, 스리나갈이나 나갈랜드 등 충돌이
자주 일어나는 지역에 배치되어 전투를 경험한 직업 군인이었다.
그러나 집안에서는 다정다감한 아버지일 뿐. 술도 명절에만 조금
마신다고 했다. 그러나 딸들은 아버지가 새 술을 청하면 냉정하게
외면했다. 바이티카를 하러 찾아가는 작은 아버지도 술이 과해서
병이 났기 때문이다.

줄리와 사리따, 이들 처녀 자매와 함께 산비탈을 오르느라 땀깨

나 쏟았다. 산골 처녀들의 걸음은 따라잡기 쉽지 않았다. 자주 쉬면서 한 시간쯤 걸은 끝에 당도한 산비탈의 그 집은 아담하고 전망이 툭 터져있었다. 마당으로 들어서는 대문 앞에 선 나무는 해바라기 모양의 하늘하늘한 꽃을 피워 운치를 더했다. 줄리는 작은아버지 내외에게 티카를 해드리고, 음식을 내놓았다. 얼핏 보기에는 전혀 환자 같지 않고 너그럽고 다감해 보이는 줄리의 작은아버지는 나에게 락시를 권했다. 한잔한 김에, 다음에 오면 이 집에서 하루라도 묵어가고 싶다고 했더니 꼭 그러라며 내 손을 잡았다.

돌아오는 길에 줄리와 사리따는 노래를 불렀다. '아름다운 나라 우리 네팔 평화로운 나라 우리 네팔'이라는 후렴이 붙는 노래였다. 줄리와 사리따는 집에 돌아와서야 이날 첫 끼니를 먹었다. 우리는 줄리 아버지와 부엌에서 락시를 마셨다. 마치 옛 전우를 만나기라도 한 듯, 화요일에 장이 서니 며칠 더 묵고 가라는 말을 세 번이나 했다. 명절 내내 아침부터 홀짝홀짝 마신 술에 젖어서 그윽한 눈길로 한잔 더 하기를 권하면서……. 그의 아내 리라 꾸마리 구릉은 쉰을 조금 넘긴 나이였지만, 얼굴에 주름이 많아서 남편보다 훨씬 나이가 많아 보였다. 그녀는 딸들이 안 보는 틈을 타 남편의 술잔에 락시를 채워주면서 나에게 말했다. 명절날만 조금 마시는 걸 가지고 딸들이 펄쩍 뛰는 통에 이렇게 몰래 드리는 거라고.

티하르의 마지막 날인 이날 네레바잘의 장마당에는 일찍부터 동네 사람들이 모여 춤을 추고 노래하기 시작했다. 줄리의 집 부엌에서도 북 장단에 맞춰 노래하는 소리가 흘러나왔다. 동네 사람들이 찾아와 놀다가고, 또 와서 놀다가고, 그러면서 밤이 되고, 밤은 아주 길었다.

출렁다리 난간에
매단 카닥

모든 축제가 끝난 이튿날은 월요일이었고 하늘이 맑았다. 화요일에는 네레바잘에 장이 서는 날이니 장날 구경하고 가라고 한사코 붙드는 구룽네 식구들과 작별하는 일은 쉽지 않았다. 차만 마시고 7시에 일어서려 했으나 결국 뚝바를 한 사발씩 먹고 8시에 떠났다. 아침에 앙 다와를 시켜서 얼마 내면 되겠냐고 물어봤더니 1500루피(약 2만 1000원)라고 했다. 김 선생이 '술도 많이 마셨는데 너무 싸다'면서 '미안하니 조금 더 드립시다'하여 2천 루피를 냈지만 그래도 미안했다. 안주인 리라 꾸마리 구룽이 하얀 카닥을 들고 나와 우리들 목에 하나하나 걸어주었다.

내가 받은 카닥은 솔루 콜라를 건너면서 출렁다리의 난간에 묶었다. 이쪽과 저쪽 산비탈을 가르며 흐르는 계곡 물소리는 우렁찼고, 다리 위 골바람도 세찼다. 그래서 난간에 매단 그 카닥은 잘 가라고 흔드는 손수건처럼 나부꼈다. 히말라야 사람들이 카닥을 출렁다리에 묶는 데는 필시 무슨 연유가 있겠으나 나는 그냥 따라 해본 것이다. 그러나 그렇게 해보니 작별하던 장면이 다시 떠오르면서 뭔가 찡한 것이 가슴속을 스쳐갔다. 우리 셋은 네레 바잘의 구룽네 주막집에서 2박 3일을 묵었다. 셋이서 여덟 끼니를 먹었

고 두 밤을 취하도록 마셨으며 안방을 빌려서 잤던 것이다.

솔루 콜라의 다리를 건넌 후에는 한 시간쯤 비탈을 오르느라 땀깨나 쏟았다. 라이 족이 사는 팅라 마을의 그 비탈은 계단식 논으로 이어져있었고, 물 바토(큰길)로 이어지는 삼거리에 이르자 샘물이 있었다. 샘물로 땀을 씻고 다시 한 시간을 걸어서 도착한 라미테 마을에서 우선 라면을 먹었다. 라미테 주막집에는 손님이 아주 많아서 오래 기다린 끝에 밥도 먹었다. 다시 세 시간을 걸어서 무레다라 마을에 도착했다. 전망 좋은 마을이었다. 눈앞에 설산 둣쿤다가 우뚝 서있고, 우리가 지나온 마을인 로딩, 파부루, 살레리 등이 건너다 보였다. 마을 초입 길가에 있는 젊은 마갈 부부의 주막집에 여장을 풀었다. 스물네 살 동갑이라는 이들은 갓 백일이 넘은 갓난아기를 두고, 노모를 모시며 살고 있었다.

늘 그랬듯이, 우리는 그들의 부엌에 쪼그리고 앉아서 화덕의 불빛을 바라보며 저녁을 맞았다. 말린 물소 고기 볶음을 안주로 락시를 마시며 추위를 달래고 피로를 풀었다. 밤중에 시큼한 땀 냄새를 풍기는 짐꾼 두엇이 들어왔고, 그들과 함께 달밧떨커리를 먹었다.

밤중에
다녀간 손님

아침 일찍 무레다라를 나섰다. 날씨가 좋아서 설산들이 후련하게 보였다. 파탈레 파티를 향해서 오르막을 걷는 중에 하얀 자루를 운반하는 조랑말들과 마부들을 만났다. 자루에 든 물건들은 대부분 쌀이고, 설탕이나 밀가루도 있다고 했다. 그들은 전날 오컬둥가에서 출발하여 파탈레 파티에서 자고 이 날은 살레리를 향해서 이동한다고 했다. 다사인 티하르 축제 기간의 방학을 집에서 식구들과 보내고 살레리의 학교 기숙사로 돌아가는 어린 학생들도 만났다.

10시경에 파탈레 파티에 도착했다. 돌포 바잘만큼이나 큰 장이 서는 마을이라고 했다. 늦은 아침을 먹느라고 한 시간쯤 지체했다. 장 서는 마을은 장이 서야 사람 사는 마을 같다. 보통 때는 쓸쓸하다 못해 음산하다. 그래도 햇살은 따사로웠다. 따사로운 햇살 속에서 토종닭이 흙을 파헤치며 벌레를 잡아먹고 있었다.

11시경부터 다시 걸었다. 파탈레 파티에서 오컬둥가로 가는 고개 위에 올라서니 주변 지형이 대충 파악되었다. 우리가 서있는 능선은 북쪽의 피케 영봉에서 뻗어내려와 오컬둥가로 이어지는 주능선이었다. 오컬둥가로 갈라지는 갈림길에서 북쪽의 피케 영봉으로 이어지는 능선을 따라 걸었다. 그 길은 내가 하루 묵었던 자프레로 가는 길이며, 그곳에서 세 시간을 더 걸으면 우리가 열흘 전에 묵었던 불부레로 이어진다. 이미 피케를 중심에 두고 시계 방향으로 한 바퀴 돌았으니 이제 순례도 거의 막바지에 이른 것이다. 딱조아(일명 시가네)에 이르렀을 때 앙 다와가 '오늘은 여기서 쉬자'고 했다. 부지런히 걸으면 해지기 전에 자프레에 도착할 수 있겠다 싶어서 내친 김에 자프레까지 가고 했으나, 앙 다와가 심한 오르막으로 세 시간을 걸어야 한다며 힘들다는 표정을 지었다. 우리보다 무거운 짐을 지고 있기 때문에 그의 말을 들어주었다. 자칫하면 그를 혹사시키는 결과를 초래하기 때문에 마냥 강요할 수는 없었다.

전망 좋은 능선 위에 자리 잡은 딱조아에는 두 채의 주막집이 있었는데, 앙 다와는 우리를 첫 번째 집으로 안내했다. 능선에서 내려다보이는 마을에 본가가 있다는 늙수그레한 영감 혼자 올라와 지키는 주막집이었다. 우리는 2층 기도실을 쓰기로 했다. 여장을 푸는데 밖에서 바람이 심하게 불었다. 창문이 덜컹거렸다. 땀이 마르자 추위가 느껴졌다. 침낭 속에 들어가있으면 덜 춥겠지만 대낮부터 침낭에 들어가 자다가는 긴긴 밤을 어찌 보내누……. 어쩔 수 없이 영감네 부엌 아궁이 옆에 앉아 장작불을 쬐면서 락시를 마셔야 했다.

저녁 무렵에 마을에 사는 할망이 어린 손녀 둘을 데리고 올라왔다. 일곱 살 난 큰 손녀는 추위로 손등이 터진 빨간 손으로 할아버지 드릴 우유를 병에 담아들고 왔다. 종일 혼자 있던 영감은 손녀 둘을 껴안고 뽀뽀하고 쓰다듬고 코 닦아주면서 귀여워 어쩔 줄 몰랐다. 영감의 할망과 손녀 둘은 저녁마다 올라와 자고 아침에는 다시 마을로 내려간다고 했다.

저녁을 먹고 무료히 앉아 꺼져가는 아궁이 불을 쬐고 있는데 한 떼거리의 심상치 않은 나그네들이 들어왔다. 몸집이 좋은 중년 여성 한 명과 사내 일고여덟 명인데, 그 중 두 사내는 커다란 쿠쿠리를 배에 차고 있었다. 쿠쿠리를 찬 두 사람 중에 한 사람은 청년인데 가슴에 붉은 별 마크를 달고 있었다. 일행 중 셰르파로 보이는 젊은 사내는 무전기와 휴대전화를 갖고 있었는데 앙 다와의 동네 사람인 듯 안부를 주고받았다. 이들은 라면 세 개를 끓여서 나누어먹고는 회의를 벌였다. 밤이 깊었으니 주막집에서 자고 다음 날 새벽에 내려가자는 의견과 오히려 밤에 내려가는 게 좋다는 의견으로 대립되었으나 내려가는 쪽으로 의견이 모아졌다. 의견이 이렇게 모아지는 데는 중년 여성의 역할이 컸다. 그녀는 몸집만 좋은 게 아니라 말솜씨도 보통이 넘었다. 우두머리로 보이는 또루피(챙 없는 네팔 전통 모자)를 쓴 체트리 사내가 라면 세 개 값을 치르고 일어서자 다들 따라나섰다. 그들의 발소리가 멀어진 후, 뭐 하는 사람들이며 이 밤중에 어디로 가는 거냐고 앙 다와에게 물었다. 앙 다와는 그들이 마오이스트 공산당이고 두 시간 거리의 마을에서 일어난 어떤 문제를 해결하러 가는 길이라고 했다.

이날 밤 앙 다와는 모처럼 창을 몇 잔 마셨다. 조금만 마셔도 취하기 때문에 밖에서는 절대 안 마신다는 그가 술 마시는 건 이

날이 처음이었다. 다음 날이면 식구들이 사는 집에 도착하기 때문에 마음이 들떴는지 보통 때 같으면 눕자마자 코를 골았을 앙 다와는 늦도록 잠을 못 이루고 몸을 뒤척였다. 바람이 심하게 불어 덜컹이는 창가에 별빛이 싸락눈처럼 쌓이는 바람에 나도 잠을 이루지 못했다.

이튿날은 새벽부터 아주 청명했다. 설산의 일출을 충분히 조망한 후에 길을 떠났는데도 발걸음을 자주 멈춰야 했다. 오르막이 심하기도 했지만, 설산을 배경으로 한 풍광이 너무나 후련했기 때

문이다. 김 선생이 배낭 깊숙이 감춰두었던 코냑을 꺼내어 한 모금씩 마시자고 했다. 이른 아침 햇살 속에서 양잿물처럼 하얀 설산을 바라보며 목구멍에 털어넣는 코냑의 맛이란! 김 선생은 다음 기회를 위해 조금 남기고 싶어했지만, 내가 생떼를 써서 마저 마시고 말았다.

그렇게 세 시간을 걸어서 자프레에 도착했다. 지난봄에는 비어 있던 곰파 앞에 노스님이 나와계셨고, 씨감자 같은 어린 스님들이

경을 읽고 있었다. 지난봄에 들렀던 주막집 아낙네는 나를 알아보았다. 나도 그녀가 봄에 본 그 아낙네였는지 확실치 않았다. 아낙네가 쌀을 씻어 솥에 안치고 반찬을 만드는 동안 나는 양말들을 빨아 널었다. 지난봄에는 눈과 비가 오는 등 날씨가 흐려서 전혀 보지 못했던 설산이 양말 너는 판자 울타리 너머에 파노라마로 펼쳐져있었다. 멀리 보이던 피케 정상이 손에 잡힐 듯 가까이 보였다. 밥이 되는 동안 햇살 속에서 잠시 졸았다. 곰파에서 소년 승려들이 경 읽는 소리가 들리다 말다 했다.

빠쁘레 주민들의 여름마을,
마이다네

자프레의 셰르파 호텔에서 감자조림 말고도 토종 배추의 일종인 '싹'이라는 채소 조림이 반찬으로 나왔다. 달(녹두죽의 일종)도 걸쭉하니 맛이 좋았다. 오랜만에 아주 만족스럽게 먹고 느긋하게 이도 닦은 후에 아직 덜 마른 양말 네 켤레를 배낭에 주렁주렁 매단 양말 장수 행색으로 다시 길을 떠났다. 지난 2월 하순에는 눈이 무르팍까지 쌓여있던 똘루 곰파에서 오는 길을 거슬러가는 것이다. 능선이 나오고, 석경담이 나왔다. 석경담과 나란히 난 길 끝에서 두 갈래로 갈라지는데, 곧장 가는 길은 불부레로 가는 길이었다. 좌측으로 난 길이 똘루 곰파로 이어지는 길인데 한참을 걷자 잘 만든 오래된 석탑이 나왔다. 이 석탑에서 우측으로 난 길이 똘루 곰파로 가는 길이었고, 곧장 가는 길은 앙 다와네 동네로 이어지는 길이었다.

모녀로 보이는 셰르파 여성 둘이 탑이 있는 오솔길 저쪽 짙은 그늘에서 나와 따사로운 햇살 속을 걸어 산모퉁이를 돌아갔다. 잠시 후에는 염소 치는 아이도 한 명 만났는데, 앙 다와네 마을에 사는 아이였다. 길가에 앉아서 잠시 쉬는 참에 사탕을 주려 했더니 앙 다와의 눈치를 보며 주저주저했다. 아이는 앙 다와가 '고맙습니다 하고 받아라' 말한 후에야 사탕을 받았다. 단순한 이웃이 아니라 먼 친척이라도 되는 듯했다. 앙 다와네 여름 농막이 있는 마이다네로 가는 길은 앙 다와의 본가가 있는 빠쁘레로 가는 길에서 우측으로 갈라져 숲으로 이어졌다. 숲을 빠져 나오자 옛날 우리나라 화전 같은 개활지가 나오고 듬성듬성 농가도 보였다. 거기가 마이다네 마을이었다. 11시 반에 출발하여 2시 반에 도착했으니, 점심 먹고 천천히 세 시간을 걸어온 셈이다. 마이다네는 빠쁘레 주민들의 여름 마을이었다. 우기 전에 가축을 몰고 올라와 눈이 오기까지 체류하며 방목하고 밭농사도 짓는데, 눈이 오기 시작하면 모두 빠쁘레 본가로 철수한다고 했다.

마이다네 마을에 이르자 앙 다와의 걸음이 빨라졌다. 아내와 딸 셋 그리고 세 살 난 아들이 기다리는 집은 마이다네의 맨 아래쪽에 있었다. 앙 다와의 집은 2층이었다. 1층에서 2층으로 오르는 층계 옆으로 광이 있었고, 광에는 감자가 가득 쌓여있었다. 여름에만 쓰는 집이라 하여 허름할 줄 알았는데 제법 규모 있게 지은 집이었다. 그러나 문이 작고 천정이 낮아서 조심하지 않으면 이마나 머리를 다치기 쉬웠다. 나보다 키가 훨씬 큰 김 선생의 머리는 여러 차례에 걸쳐서 '쾅' 또는 '쿵' 소리를 내곤 했는데, 그럴 때마다 김 선생은 신음 소리를 내며 한마디씩 덧붙였다.

– 아이쿠, 자세를 낮추는 걸 잊었네.

– 어휴, 더 숙이라는 얘기네.

– 아야야, 아직도 교만한 마음이 남았다는군.

나는 웃지 않으려고 애썼다. 김 선생 나름대로 큰 수행을 하고 있는데 웃으면 되겠는가.

산촌에서는
어느 누구의 뒤 냄새가 좀 섞인들

변소가 따로 없는 집이어서 저만치 사람 눈에 안 띄는 밭고랑에 쭈그리고 앉아 뒤를 보는데 바람에 실려오는 흙냄새가 싱그러웠다. 풀 냄새, 꽃 냄새, 두엄 냄새에 나무 타는 냄새까지 느껴졌다. 좀 있다가는 밭고랑 여기 저기 떨어져있는 사람들의 뒤 냄새도 바람에 실려왔지만 싫지 않았다. 그런 산촌에서는 어느 누구의 뒤 냄새가 좀 섞인들 대수롭지 않다.

산에 오래 있으면 시각, 청각뿐 아니라 후각도 발달한다. 우리나라 어느 산에 있을 때는 십 리 밖에서 올라오는 여자 등산객들의 비누 냄새를 맡은 일이 있다. 삼십 리 밖 암자에서 치는 새벽 목탁 소리를 들은 적도 있다. 하얀 집들이 점점이 박혀있는 육중한 앞산 너머로 흰 구름이 떠가고, 어느 집에서는 개 짖는 소리도 희미하게 들려왔다. 지난봄에 총누리와 내가 내려온 길이 어느 길이었는지 가늠해보았으나 뒤를 다 보도록 알아내지 못했다. 밭고랑에서 일어섰을 때는 어느새 노을 지는 저녁이었다. 노을 속에서 앙 다와의 둘째 딸이 집 앞마당에 두 마리의 소를 매고 있었다. 피케 쪽 능선 위에 있는 똘루 곰파도 노을에 젖어있었다. 지난봄, 눈길을 뚫고 찾아갔던 똘루 곰파의 노승은 여전하신지 궁금하고 그

때 얻어마신 락시 맛이 새삼스러웠다.

좁은 계단을 딛고 앙 다와네 다락방에 오르니 연기가 자욱했다. 앙 다와의 아내가 화덕에 불을 피우고 있었다. 나는 수첩을 꺼내들고 그녀 앞에 앉았다. 앙 다와의 아내 혀무 셰르파는 서른 다섯, 빠쁘레에서 한 시간 거리에 있는 수께 마을 출신이다. 큰딸 부티 셰르파는 열다섯으로 지난 9월에 카트만두로 영어 배우러 갔다. 학교를 늦게 다녀서 이제 겨우 3학년이다. 차녀 니마 혀무 셰르파는 열하나, 2학년이었다. 가축을 돌보는 등 집안일을 하느라고 바빠서 공부할 틈은 물론 씻을 틈도 없다. 때가 앉아 시커먼 손발이 부끄러운지 가까이 오려고 들지 않았다. 셋째 딸 꺼무니 셰르파는 일곱 살 1학년이었다. 외아들 겔제 셰르파는 세 살, 막내딸 지미 셰르파는 돌 지난 지 얼마 안 되었다. 혀무 셰르파가 딸들과 함께 기르는 가축은 소 세 마리, 염소 열 마리다. 소는 둘째 딸이, 염소는 셋째 딸이 돌본다. 농사는 주로 감자, 옥수수, 보리 외에 시미라고 부르는 일종의 강낭콩이다. 이걸로는 자급자족하기 부족하여 앙 다와가 트레킹 시즌이면 카트만두에 나가 트레킹 포터 일을 하는 것이다. 앙 다와가 트레킹을 다니면서는 지리로부터 쌀도 사다 먹기 시작했다. 쌀 사다 먹기도 쉬운 일은 아니다. 지리에서 쌀 60킬로그램을 짊어지고 마이다네까지 오려면 닷새가 걸린다.

앙 다와는 집에 도착하여 차 한잔 마신 후 닭을 구하러 나가고, 그의 아내는 요기가 될 시미를 삶기 시작했다. 좀 있다가 동네

사람들이 마실을 오고, 이어 앙 다와가 닭을 사들고 돌아왔다. 김
선생과 나는 닭 잡을 물을 끓이는 동안 삶은 콩으로 허기를 달랬
다. 앙 다와의 아내가 빚었다는 옥수수 막걸리를 내왔다. 그 막걸
리는 여태 먹어본 막걸리 중에 제일 맛있었다. 앙 다와는 아내가
권하는 대로 쭈욱 잔을 비우다가 내가 신기하게 쳐다보는 걸 느꼈
는지 '집에서는 좀 마신다'며 웃었다.

　물이 끓자 앙 다와가 닭을 잡았다. 요리도 직접 했다. 많이 해
본 솜씨였다. 크고 둥근 냄비에 콩기름을 두르고, 마늘을 까 넣고,

토막 친 닭을 넣고, 마살라를 뿌리고, 소금도 치고, 물을 조금 붓고……. 화목을 뒤적여 불땀을 키우고, 부글부글 오래 끓인 뒤에는 불땀을 줄이고 쟁반을 가져다 냄비를 덮었다. 닭 한 마리를 12명이 먹었다. 미안한 일이지만 반 마리는 김 선생과 내가 먹은 셈이다. 나머지 반 마리를 앙 다와네 식구들과 이웃 등 열 명이 나눠 먹었으니 그들은 맛만 본 셈이다. 지금 생각해도 혀 밑에 침이 고일만큼 맛있었다.

셰르파들이 칭찬하는
순왈 사람

마이다네의 앙 다와네 식구들과 작별한 시간은 아침 9시 반이었다. 앙 다와의 아내가 릴두를 먹고 가라고 붙들었기 때문이다. 릴두는 일이 많아 시간도 오래 걸리는 음식이었으나 정성을 생각해서 기다려야 했다. 앙 다와네 릴두는 감자를 절구에 넣고 방아로 찧을 때 보릿가루를 넣고 찧어서 그런지 훨씬 맛있었다. 릴두를 먹은 뒤, 아침 햇살이 따스한 집 앞에서 기념 촬영을 했다. 앙 다와는 마치 날마다 출근하는 회사원처럼 별스런 인사도 없이 앞장서서 걸었다. 저만치 걸어가서 돌아보며 손이라도 한 번 더 흔들어 준 건 오히려 김 선생과 나였다.

마이다네에서 빠쁘레까지는 약 한 시간이 걸렸다. 마을을 통과하면서 조마조마했다. 지난봄에 총누리와 함께 와서 이틀을 묵는 동안에 만났던 마을 사람들을 다시 만나면 도리상 그냥 갈 수 없기 때문이었다. 나 혼자라면 몰라도 김 선생에게는 빠쁘레에서 하루 더 묵으며 술대접을 받는다는 것이 고역일 터. 지난봄에 묵었던 앙 도르지 본가와 총누리의 집이 저만치 보이자 모자를 푹 눌러썼다. 죄진 사람처럼, 길만 보고 걸어서 빠쁘레 마을을 빠져나왔다. 그러나 앙 다와는 앙 도르지 본가와 총누리의 집 앞에서 누군가가 불러세우는 바람에 한참만에 동구 밖으로 나왔다. 앙 다와를 총누리네 집 앞에서 불러 세운 사람은 총누리의 아버지였다고 했다. 지난봄에 그 집에서 총누리 어머니가 걸러준 막걸리를 마실 때, 총누리 아버지는 못 만났다. 목수인 그는 그때 쿰부 쪽으로 일하러 가있었다.

길은 계곡으로 이어졌고, 계곡엔 두 개의 출렁다리가 놓여있었다. 출렁다리 하나는 지금 거의 쓰지 않는 오래된 것이고, 다른 하나는 견고하게 보이는 새 것이었다. 새 것은 이 고장 출신의 영국군 용병 단체 구르카의 기금으로 만든 것이라 했다. 출렁다리 건너편부터는 경사가 급한 비탈길이었다. 헉헉 숨을 몰아쉬며, 땀을 줄줄 흘리며 비탈을 오르는 중에 아주 무거워 보이는 넓적한 판석을 지고 조심조심 내려오는 모녀를 만났다. 길이 좁아서 그들이 안전하게 내려가도록 비켜섰다. 비릿한 체취와 부엌 연기 냄새를 풍기는 그들도 우리처럼 땀에 젖어 숨을 몰아쉬고 있었다.

그들이 등에 지고 가는 넓적한 판석은 지붕에 얹거나 마당에 깔기 위함인데, 그런 돌을 캐서 다듬어 파는 채석장이 비탈 위에 있다고 앙 다와가 알려주었다. 마이다네의 자기 집 농막 지붕도 그 비탈 위에 있는 채석장에서 사서 등짐으로 져 나른 것이라고 했다. 비탈길 위에 석경담 비슷한 쉼터가 마련되어있었다. 나그네들이 등짐을 쉽게 풀어 얹거나 등짐을 진 채 잠시 기대 쉴 수 있는 쉼터는 험한 고개마다 어김없이 있었다. 이 같은 쉼터가 죽은 사람의 극락왕생을 빌기 위해 유족들이 만드는 것이라는 건 앙 다와로부터 처음 들었다. 망자의 유족들은 이 같은 쉼터만 만드는 게 아니다. 유족들은 개울에 놓이는 다리나 길가의 옹달샘 같은 것들도 만들어 나그넷길을 도움으로써 망자의 극락왕생을 빈다고 했다.

쉼터 앞에 비어있는 농가가 한 채 있고, 농가 뒤로 이어진 산비탈에 좀 전의 모녀가 판석을 샀을 채석장이 보였다. 판석 한 개의 무게는 약 20킬로그램, 한 개 가격이 50루피인데, 마이다네까지 운반하는 데 드는 품삯이 50루피라고 했다.

길은 잠시 완만해지더니 다시 긴 오르막으로 이어졌다가 계곡으로 내려섰다. 외딴집들이 드문드문 들어서있는 계곡 끝의 어느 집 샘가에 이르러 짐을 풀고 잠시 쉬었다. 그 집 아낙에게서 더히를 큰 컵으로 한 컵씩 얻어먹고 돈을 내려고 했더니 그 아낙이 단호하게 손을 내저었다.

— 돈 필요 없어요. 나그네에게 더히 한 컵 주고 돈 받는
　거 안 좋아요.

네팔 산중을 돌아다닌 지 꽤 오래 된 나로서도 이렇듯 딱 부러지게 돈을 거절하는 아낙은 처음 만나보았다. 그 아낙은 순왈 종족이며 순왈은 자기네 셰르파보다 좋은 사람들이 훨씬 많다고 앙다와는 말했다. 이후 곳곳에서 여러 순왈족을 만났는데 셰르파보

다 더 한국인에 가깝다고 느껴졌다. 생김새는 물론, 술과 돼지고기 좋아하고 나그네를 배려해주는 마음이 있었다. 나는 순왈의 조상이 혹시 저 북만주에서부터 흘러들어온 유민이 아닌가 하는 생각이 들었다. 히말라야의 몽골계 원주민들을 만나면 버릇처럼 그런 생각을 해온 나이기는 하지만, 순왈의 조상과 우리의 조상도 같은 마을에서 살았던 때가 있었다고 빡빡 우기고 싶다.

다시 반시간쯤 힘겹게 걸어서 올라선 고개 위 마을은 쭈부룽 반장이었다. 앙 다와와 안면이 있는 아낙이 주인인 셰르파 호텔에서 요기를 하고 다시 걸어서 3시에 키지 바잘에 도착했다. 키지 바잘 마을은 장이 서는 큰 마을이었다. 학교도 있고, 경찰서도 있었다. 머지않은 곳에 군부대도 있다고 했다. 앙 다와도 이곳으로 장을 보러 다닌다고 했다. 그러나 이날은 장날이 아니어서 널찍한 장터는 비어있었고, 빈 장터에서 서성이던 어떤 중년의 여인이 우리에게로 달려와 눈물을 글썽였다.

- 어디 갔다 이제 오는가. 죽었다네. 죽었다네. 기다리다
  죽었다네.

보기엔 멀쩡했는데 곡조를 실어서 하는 말이 실성한 사람의 말이었다. 못 본 척하고 돌아서 걸으니 따라오면서 지껄였다.

- 어딜 가누, 어딜 가누, 오자마자 어딜 가누, 나 혼자 놔
두고 어딜 가누…….

그녀는 갈퀴 같은 손을 뻗쳐 내 소맷자락을 잡으려 했다. 이크 싶어서 빨리빨리 걸었다. 경찰들이 서성이는 경찰서 앞을 지나 저만치 가서 돌아보니 그 여인은 경찰에게 삿대질을 하고 있었다. 잘 모르겠지만, 가족 중에 누군가가 죽었고, 기다리는 누군가는 오지 않았기에 실성하지 않았나 싶었다. 사람 눈물 나게 미친 여인이었다.

앙 다와는 그곳 키지 바잘에서 숙소를 구하고 싶어했으나 김 선생과 나는 좀 더 걷기를 고집했다. 걷기 좋은 시간이었으며, 길은 평탄했고, 경관이 좋았다. 그리고 무엇보다도 그 미친 여인과 다시 마주치게 될 일이 꺼림칙했다. 일부러 더 씩씩하게 걸어서 어느 모퉁이를 돌아서자 설산 가우리상칼이 후련하게 보였다. 하오의 햇살을 받아 양잿물처럼 하얗게 빛나는 설산을 보니 며칠 전에 마신 코냑 생각이 났다. 김 선생이 조금 남겨두자 했을 때 남겨둘 걸 그랬나 싶었다.

능선 위에 불룩 솟은, 임신부 배 같은 언덕 위에 살벌한 철조망을 겹겹이 두른 병영이 나타났다. 그리고 웃통을 벗어 제킨 젊은 군인들이 병영 정문 앞 공터에서 배구 시합을 하고 있었다. 드넓은 산비탈 곳곳에 자리 잡은 마을과 경작지는 너무나 아름답고

평화로워 보였다. 앙 다와는 병영이 생긴 지 얼마 안 되었고, 이 지역은 얼마 전까지 마오이스트 게릴라들이 장악하고 있던 지역 이라고 했다.

이날 우리의 목적지는 따로 없었다. 큰길을 따라 해질녘까지 걷다가 만나는 농가에서 민박을 할 참이었다. 그런데 우리는 그 병영 앞에서 물 바토(큰길)를 놓쳤다. 병영 앞에서 비탈로 내려서 야 하는데, 우리는 능선을 따라 난 길을 걸었다. 그 길은 군인들의 작전 도로였다.

가시덤불 사이로 난 미끄러운 샛길을 1시간 넘게 헤매다가 5시 쯤 겨우 제 길을 찾아 들어섰다. 노을이 설산 룸불히말을 붉게 물 들이는 그 시간에 우리는 길가 유채밭 저만치 나지막이 엎드려있 는 외딴 오막살이를 발견했다. 앙 다와를 보내 하룻밤 신세질 수 있는지를 알아보고 오라고 하고 뒤쳐져오는 김 선생을 기다렸다. 김 선생이 도착하기도 전에 그 집에 다녀온 앙 다와가 말했다.

– 오라고 하네요. 저 집 사람들은 순왈 사람들입니다.
– 순왈?
– 네, 맞아요.

이리하여 우리가 하룻밤 신세를 지게 된 그 오막살이집은 찬 데소리 랄람이라는 마을의 러빈 순왈의 집이었다.

다복한 순왈네 집

러빈 순왈은 이제 서른 다섯인 부인 인드라 마야 순왈 사이에서 자그마치 아홉 자녀를 두었다. 인드라 마야 순왈이 열다섯에 시집와서 열여섯에 본 장녀 차미나 순왈은 2년 전에 이웃 마을로 출가했는데 현재 열아홉이다. 나머지 여덟 남매는 아래와 같다.

차녀 꺼멀 꾸마리 순왈, 18세, 10학년

장남 틸럭 바하둘 순왈, 16세, 9학년

삼녀 리투 순왈 14세, 7학년

차남 빠담 바하둘 순왈, 12세, 6학년

삼남 케살 순왈 10세, 3학년

사녀 빠담 꾸마리 순왈, 7세, 2학년

오녀 살미라 순왈, 6세, 1학년

사남 러메쉬 순왈, 2세

러빈 순왈의 출가 안 한 여동생인 비엣 꾸마리 순왈도 같이 살고 있었다. 그러므로 티하르 명절 직전에 타계한 장모가 살아있을 때는 모두 열두 명의 식구가 오막살이 두 채에 나눠 살았다는 얘기다.

이 많은 식구들이 지켜보는 가운데, 우리 셋은 화덕에 붙어앉아 땀에 젖은 옷을 말리며 음식을 먹었다. 마야 순왈은 우선 콩을 볶아 쟁반에 담아주었다. 누군가 락시도 내왔다. 장례 때 내린 술이라는데 오래되어 약간 시큼했지만 없는 것보다는 나았다. 볶은 콩과 락시로 시장기를 달래는 동안 마야 순왈은 옥수수 죽을 쑤기 시작했다. 앙 다와가 '혹시 말린 고기 있으면 달라'고 하니, 티하르 때 잡은 돼지고기는 진작 다 먹었다면서 막 조리가 끝난 옥수수 죽을 덜어주었다. 마야 순왈은 볶은 콩과 옥수수 죽을 손님인 우리뿐만 아니라 식구들에게 고루 나누어주었다. 그러나 작은 솥에 지은 하얀 쌀밥은 손님인 우리에게만 자꾸 퍼주었다. 그 작은 솥단지에서 세 사람이 충분히 먹고도 남을 만큼의 쌀밥이 나오는 게 신기했다. 마야 순왈은 우리가 일부러 배를 두드리며 쟁반을 물린 다음에야 솥단지에 남은 쌀밥을 싹싹 긁어서 남편과 시누이의 쟁반에 덜어주었다. 반찬은 이수쿨이라고 부르는 넝쿨 식물 열매를 볶은 것이었다. 이수쿨은 감자 맛이 나는 호박인데, 외양간의 지붕으로 뻗어올라간 넝쿨에 주렁주렁 달려있었다.

순왈 종족은 이곳 리쿠콜라 지역에 천여 가구가 흩어져 그들만의 언어를 사용하며 산다고 했다. 러빈 순왈은 순왈들이 많이 사는 리쿠콜라 주변 마을 이름을 열거했다. 부디, 키지, 마쓰 가웅, 렁거니, 까띠, 처띠, 니바레, 탄두와, 키지 발라떼, 오컬보드, 뿌랍짜, 딴워리, 티티카콜라……. 티티카콜라는 우리가 오전에 머히를 얻어먹은 동네라고 앙 다와가 말했다. 앙 다와는 순왈 말도 제법 알고 있었다. 네팔 표준어로 쿠쿠리라고 부르는 칼은 '쭙', 하샤라고 부르는 톱날이 있는 작은 낫은 '구에', 알루(감자)는 '레레', 디딜방아는 '디끼' 등 순왈말을 러빈 순왈의 검증을 받아가면서 알려주었다.

이날 밤 우리는 별채의 침대 네 개 중 세 개를 얻어서 잤다. 나머지 한 개의 침대에서 사내아이들 셋이 같이 잤다. 이튿날 식전에 러빈 순왈의 여동생 비엣 꾸마리 구룽이 가축을 먹이는 모습을 카메라에 담았다. 두 마리의 검은 토종 돼지에게는 뜨물을 퍼주고, 송아지 입에는 대통을 물려놓고 대통을 통해 머히를 먹였다. 마지막으로 외양간의 암소들에게 꼴을 주고서 젖을 짰다.

차를 마시고, 차를 마시는 동안 아이들이 마을에 내려가서 사온 라면을 끓여먹고, 아침에 새로 만든 옥수수 죽도 먹고, 마당에서 기념사진을 찍은 뒤 행장을 꾸려서 짊어졌다. 앙 다와가 우리의 숙식비로는 350루피면 족하다고 말했다. 김 선생이 혀를 내둘렀다. 김 선생은 셋이 하룻밤 묵으며 얻어먹은 사례로 350루피는 너무했다며 500루피를 냈다. 그리고 비상식량으로 남겨둔 사탕과 초콜릿 등을 꺼내어 나눠주었다.

마야 순왈은 둘째 딸 꺼멀 꾸마리 순왈이 며칠 전부터 머리가 많이 아프다며 약이 있으면 좀 달라고 했다. 김 선생은 두통약 여섯 알을 주었다. 아침, 점심, 저녁에 한 알씩 이틀을 먹을 수 있는 분량이라고 설명하고, 이틀 후에도 머리가 계속 아프면 병원에 가야 한다고 약사처럼 자상히 일러주었다.

"돈을 받으면
기쁨이 없습니다"

순례 21일째 되는 날, 유채밭과 메밀밭 사이로 첫길이 나있었다. 아침 햇살이 들기 시작하여 꽃빛이 고왔다. 새파란 하늘을 업은 설산은 어느 때보다 가까이 보였다. 그러나 미끄러운 비탈길이어서 발밑을 살피느라 멀리 내다볼 여유가 없었다. 반시간쯤 걸은 끝에 8시가 되었고, 우리는 랄람 마을의 중심지에 도착했다. 식전에 러빈 순왈의 장남 틸럭 바하둘 순왈이 라면을 사온 가게가 이곳에 있었다. 우리가 내려오는 데만 30분이 걸린 길을 그 아이는 30분도 안 걸려서 왕복한 것이다. 현지 젊은이들은 랄람에서 지리까지 보통 하루 만에 걷는다는 이야기가 실감났다(우리는 온종일 부지런히 걸었음에도 지리까지 꼬박 이틀이나 걸렸다).

리쿠콜라는 아주 좁고 깊은 협곡 사이를 흘렀다. 협곡으로 내려가는 길은 양 옆이 벼랑인 아슬아슬한 릿지나 깎아지른 듯한 절벽 사면으로 교묘하게 이어졌다. 중간에 비교적 평탄한 지대가 나왔고 거기에 커다란 보리수 몇 그루가 넓은 그늘을 드리우고 있었다. 우리는 보리수 그늘에서 리쿠콜라 협곡을 굽어보며 땀을 말렸다. 김 선생은 발에 땀이 많이 나기 때문에 잠시 쉴 참에도 신과 양말을 벗고 느긋하게 쉬었다. 그러나 나는 늘 선 채로 쉬었다. 찬

곳에 엉덩이를 대면 자칫 설사가 나거나 치질이 생길까 두려워 서서 쉬는 버릇이 들었기 때문이다. 이번 순례에는 앉아서 쉬기 위해 깔개를 준비해왔지만, 아직은 선 채로 쉬어도 버틸 수 있다는 데 자부심을 느끼기도 했다.

랄람의 제일 아랫마을은 리쿠콜라에 인접해있었다. 우리는 리쿠콜라를 건너야 하지만 그보다 먼저 쭈부룽반장에서 리쿠콜라로 흘러드는 지류를 건너야 했다. 벼랑 아래로 이어지는 길을 내려가 출렁다리를 건너고 다시 벼랑을 타고 능선에 올라섰다. 그러는 사이에 엄청난 짐을 진 현지인과 몇 차례 조우하였다. 젊은 부부도 있었고, 노인도 있었고, 어린아이도 있었는데 그들도 힘들게 걷기는 마찬가지였다. 걸음이 자연스럽고 빠르다는 것만 달랐다.

능선에 올라서니 메밀밭 너머로 설산이 보였고, 설산 쪽에서 흘러오는 리쿠콜라 협곡이 보였다. 멀지 않은 상류에 우리가 건너야 할 출렁다리가 보였고, 기어올라야 할 까마득한 산비탈과 농가들이 보였다. 순례 중 가장 고생스럽게 기어오른 산비탈이었다.

능선에 퍼져있는 메밀밭을 지나 리쿠콜라의 출렁다리가 내려다보이는 산비탈 주막에서 차를 주문했다. 순왈의 주막집이었다. 부인이 차를 끓이는 동안 주인장이 어디서 오렌지 같은 과일 대여섯 개를 가져다 우리가 앉은 탁자에 올려놓았다. 그리고는 칼을 가져다가 두어 개를 먹기 좋게 잘라주며 먹어보라고 했다. 그 과일은 순왈 말로 '준월'이라 하며 집 뒤에서 딴 것이라고 했다. 한 조각 입에 넣으니 신맛이 아주 강해서 침이 샘솟듯 나왔다. 내가

시다는 표정을 지었는지 앙 다와가 웃으면서 준월은 땀을 많이 흘려서 갈증이 심할 때 먹으면 좋다고 했다. 그러자 순왈 주인장이 말했다. 오늘 땀을 많이 흘리게 될 테니 아직 썰지 않은 것들을 배낭에 넣어가라고. 당연히 돈을 내야 된다고 생각한 나는 잔돈이 든 바지 뒷주머니에 손을 넣으며 얼마냐고 물었는데, 주인장은 섭섭하다는 듯이 말했다.

– 돈을 받으면 기쁨이 없습니다. 그냥 가져가세요.

분명 그렇게 말했고, 의외였다. 산중에서 뜻하지 않은 과일을 얻었기에 사례를 하려는데 사양하다니……. 의심이 많은 나는 순왈 사람을 이미 두 번이나 겪었으면서도 뭔가 다른 속셈이 있지 않나 싶어 앙 다와를 쳐다보았다. 앙 다와는 진지한 표정으로 고개를 끄떡였다. 주인장의 말을 있는 그대로 받아들여도 좋다는 뜻이었다. 김 선생에게 주인장의 말뜻을 설명해주었더니 김 선생은 신음 같은 감탄사만 흘릴 뿐 말을 잇지 못했다.

– 야……. 이 사람들……. 순왈이라고 했나요? 참…….

그 집을 나온 우리는 묵묵히 비탈을 내려왔다. 바람이 불고 있었고, 맞은편 비탈로 이어진 출렁다리는 낡고 엉성했다. 출렁다리를 건너니 뙤약볕이 내리쬐는 산비탈길이 기다리고 있었다. 구슬땀을 주룩주룩 흘리면서, 헉헉 숨을 몰아쉬면서 비탈을 올랐다. 앙 다와도 힘들어했으니 우리는 오죽했겠는가. 김 선생은 용을 쓰느라고 발 뗄 때마다 "어이구, 어이구" 구령을 붙였다. 여러 차례 쉬어야 했고, 쉬는 참에 준월을 잘라 즙을 빨아먹으니 과연 갈증이 가셨다.

12시 반에 산비탈 중턱쯤에 있는 삐르티 마을의 주막집에 들어섰다. 젊은 짐꾼 셋이 달밧떨커리를 먹고 있었다. 이 주막집의 남편은 체트리, 부인은 순왈이었다. 우리도 같은 것을 시켜놓고 마당에 나와 지도를 펼쳐놓고 우리가 온 길을 되짚어보았다. 랄람의 해발고도는 대략 2200미터, 우리가 건너온 리쿠콜라의 해발고도는 대략 1100미터 그리고 뻬르티는 1820미터. 그러니까 우리는 오전 중에 1100미터를 내려왔다가 다시 720미터를 올라온 것이었다. 그런데 이날 우리가 여장을 푼 껠접께 마을의 해발고도는 2600미터였으니 오후에 다시 800미터를 올랐다.

배불리 먹고 나서 뙤약볕 속 비탈길을 오르자니 고역이었다. 자주 쉬었고, 쉴 때는 준월을 잘라 먹으며 갈증을 달랬다. 지리가 가까워진 탓인지 그 길을 오르내리는 사람들을 자주 만났다. 우리보다 훨씬 무거운 짐을 진 여자나 노인도 만났다.

산비탈의 경작지에서는 밭벼를 베고 있었다. 추수를 앞둔 꼬도가 자라는 드넓은 밭도 있었다. 머리 위에서 이글거리던 해가 서서히 기울 무렵, 올펠 마을에 이르렀다. 지도에도 나오지 않는 이 마을에는 지리에서 오는 트랙터 도로가 나있었다. 며칠 전에 건넜던 빠쁘레 마을의 출렁다리의 쇠줄을 비롯한 철제 부속들은 트랙터로 이 마을까지 왔다. 그다음부터는 우리가 걸어온 비탈길을 통해 수많은 사람들의 노역으로 운반했다고 한다.

올펠부터는 고원지대를 연상시키는 지형이어서 길이 비교적 완만했다. 언덕 위에서 소치는 아이들이 우리를 보고 괴상한 소리를 질러댔다. 우리 눈길을 끌려고 그냥 내지르는 소리였다. 따망 아주머니도 만났다. 서서히 기우는 햇살이 부드럽게 빛나는 고원의 풀밭에서 따망 아주머니와 기념사진을 찍었다.

껠접께에 도착하니 오후 5시. 작년에 시작했다는 길가의 주막집에 여장을 풀었다. 아직 처녀인 듯한 젊은 셰르파니가 가져다준 차를 마시다보니 주막집 문밖에 분홍색으로 물드는 설산이 보였다. 거의 날마다 봐서 그런지, 너무 지쳐서 그런지, 이날은 설산 풍경도 이발소 그림처럼 심드렁했다. 밤이 되자 젊은 셰르파니는 주막에서 멀지 않다는 본가로 내려가고 셰르파니의 부모라는 늙수그레한 셰르파 부부가 왔다. 낮에는 뙤약볕에서 구슬땀을 흘렸는데 밤이 되자 화덕 옆을 떠나기 싫을 만큼 추웠다. 화덕 주변에는 동네 사람들도 모여들어 함께 락시를 마셨다. 이 집 화덕은 철물로 만든 난로 형태이며 연통이 달려있었다. 몇 년 전 영국 NGO에서 이 같은 취사용 난로 900개를 인근 마을에 무료로 나누어주었다고 들었다.

한밤중에 자동차 엔진 소리가 들렸다. 밖에 나가보니 자동차가 아니고 짐을 잔뜩 실은 트랙터였다. 트랙터는 내일 우리가 가게 될 도제에서 출발한 것이라고 했다. 누군가 트랙터 운전사의 한 달 월급이 1만 루피라며 부러운 듯 말했다. "우리 앙 다와는 트랙터가 아니라 우리 같은 투어리스트들을 운전해서 그만큼 번다"고 하자 앙 다와가 기분 좋게 웃었다. 침낭을 뒤집어쓰고 침대에 누우니 무르팍이 화끈거렸다. 종일 무리하게 걸은 탓이었다.

한 바퀴를
크게 돌다

청명한 아침이어서 피케가 잘 보였다. 잘 하면 오늘이 이번 순례에서 마지막으로 피케를 바라보는 날이라 생각하니 피케의 자태가 새삼스러웠다. 피케 정상을 시계의 중심에 놨을 때 우리의 현위치는 7시 방향이었다. 3주 전에 우리는 8시 방향인 지리에서 피케로 접근하여 시계 방향으로 한 바퀴 크게 돌아 이제 지리로 빠져나가는 것이다.

3주전, 우리는 순례를 시작하면서 배에 '王'자가 새겨질 때까지 걷기로 했었다. 그리고 그렇게 되는 데는 한 달이면 족하다고 장담했다. 한 달 내리 걸으면 배에 '王'자가 새겨진다는 말은 결코 터무니없는 이야기가 아니다. 1992년 여름, 라다크의 잔스칼과 마카밸리를 한 달쯤 걷자 몸무게가 70킬로그램에서 58킬로그램으로 줄었다. 그때 빠진 12킬로그램은 오직 뱃살이었는지 허리띠에 새 구멍을 두 번이나 뚫어야 했고, 배의 지방층 밑 근육이 선명하게 두드러졌었다. 그러나 이번에는 사정이 달랐다. 평균 해발고도가 약 4000미터 정도인 고지대의 건조한 사막 지대인 잔스칼과는 달리 평균 해발고도가 3000미터 이하여서 그런지 근 3주를 걸었음에도 우리 배는 여전히 항아리 배처럼 불룩했다. 그러나 나는 우겼다. 지방층은 막바지에 한꺼번에 빠지므로 열흘 정도만 더 씩씩하게 걸으면 정말 배에 '王'자가 새겨진다고, 그러니 더 걷자고.

사실 우리는 몹시 지쳐있었다. 그리고 무르팍이 뜨겁게 달구어져 화끈거렸다. 자다가 무릎이 아파서 깰 지경이었다. 지치는 것은 쉬면 되니까 크게 문제될 것 없지만, 오십 대의 우리는 무르팍을 아껴야 했다. 우리는 일단 지리에 가서 하루 이틀 쉬고 난 다음에 한 달을 채울 것인지 말 것인지를 의논하기로 했다.

여장을 꾸려놓고 뜨거운 차를 마시는 중에 동네 노인네들이 들어왔다. 그중 한 노인이 내 스틱 한 짝을 이리저리 만지작거리며 살피더니 기어이 달라고 했다. 내 스틱 두 개는 짝이 안 맞는 것이었으며, 눈 비탈이 아니라면 한 개 만으로도 충분하다는 생각에 노인에게 주었다. 노인은 크게 기뻐하며 악수를 청했다. 다음에 오면 자기 집에 초대하여 술을 내겠다는 말도 했다. 그런데 주막집 할머니가 나머지 한 짝을 만지작거리며 달라고 했다. 그녀는 내게 하루만 더 걸으면 쓸모가 없는 지팡이 아니냐고 했다. 나는 지리부터 다시 열흘쯤 더 걸어야 한다고 대답했지만 할머니는 섭섭한 표정을 거두지 않았다.

7시에 길에 나서서 반쩨레 마을을 지나고, 랍짜반장(해발고도 3104미터)을 넘었다. 반쩨레 마을로 가는 길에 설산이 잘 보였다. 특히 가오리상칼이 멋지게 보였다. 지리에서 토세를 거쳐 랍짜반장을 넘어온 트랙터 도로는 산허리를 길게 허물며 반달로 이어졌다. 트랙터 도로는 도로 경사도를 가급적 줄이기 위해 멀리 에돌

며 왔다. 걷기는 편하겠지만 시간이 배 이상 걸리기 때문에 경사
가 급한 옛길을 걸었다. 우리는 랍짜반장에서 피케를 향해 합장했
다. 랍짜반장을 넘어서면 더 이상 피케를 볼 수 없겠기 때문이다.
랍짜반장 너머부터는 울창한 침엽수림이 펼쳐졌고, 숲 너머로 랑
탕과 가네시히말쪽 설산들이 보이기 시작했다. 지레빠니라는 곳
의 따망 여인들이 운영하는 주막집에 도착하니 아침 10시였다.
나는 이곳에서 아침밥을 먹고 싶었으나 앙 다와는 장이 서는 큰
마을인 토세로 내려가서 먹자고 했다. 결국 차만 마시고 또 걸었
는데, 경사가 심해서 지난 밤 노인에게 주고 온 지팡이 한 짝이 아
쉬웠다.

토세까지 약 두 시간이 걸렸다. 토세는 시바라야의 하류에 있
는 마을로 시바라야와 아주 흡사한 마을이었다. 지리로부터 들어
온 트랙터 도로가 이곳에서 갈라져 하나는 반달로, 다른 하나는
시바라야로 들어간다고 했다. 우리는 시장통 어느 밥집에서 국수
를 먹었다. 국수 맛은 형편없었지만 양이 작아서 두 그릇을 먹지
않을 수 없었다.

시냇물을 건너고, 마을을 지나고, 언덕을 넘어서 마주 오는 트
랙터 길에 내려서자 시냇물이 흐르는 드넓은 분지에 자리 잡은 지
리가 아득하게 보였다. 커다란 쇠파이프 형태의 전봇대를 나르는
소년 둘이 지나갔고, 트럭이 먼지를 풍기며 지나갔다. 학생인 듯
한 처녀들도 여럿 지나갔다. 이제 눈앞에 나타난 지리는 아무리
걸어도 거리가 좁혀지지 않고 아득했다. 시냇가 논에서 추수하는

사람들이 우리에게 손을 흔들었다. 뭘 먹고 가라는 시늉도 했다. 딴 때 같았으면 이때다 하고 내려가 얻어먹었겠지만, 지쳐서 빨리 지리에 가서 쉴 생각만 났다. 나중에 김 선생은 이 순례에서 가장 힘들었던 때는 지리가 눈앞에 나타나고부터 약 한 시간 동안이라고 했다. 우리가 접어든 길은 지리의 시냇가 초원에 자리 잡은 목장을 거쳐 시장통으로 나있었는데, 시장통이 보이자 비로소 식욕이 솟더라고 했다.

꿈에 본 곰파를
찾아떠날 생각

피케 순례의 마지막 날, 마침내 지리의 시장통에 들어섰을 때였
다. 늦은 오후의 햇살을 받으며 마주 오는 사람들 속에서 '안녕하
십니까' 하며 반갑게 나서는 사람이 있었다. 지리 시장통 초입에
서 여인숙 겸 식당인 체르둥 롯지를 운영하는 비제이 지렐이었다.
지난봄 순례를 마치고 지리로 나왔을 때 그의 롯지에서 총누리와
함께 하룻밤을 묵으며 인연을 맺었던 우리는 첫눈에 서로를 알아
보았다.

'지렐Jirel'이라는 성姓이 말해 주듯이 그는 지리의 토박이이며,
지리를 거쳐간 수많은 여행객 사이에서 잔뼈가 굵었기에 여러 나
라의 인사말을 구사할 줄 알았다. 그는 나에게 영어, 불어, 독일어
는 물론 일본, 스페인, 러시아 등의 인사말을 줄줄이 들려주고는
한국어로는 무엇이냐고 물은 일이 있었다. 그가 말한 '안녕하십니
까'는 '감사합니다'와 함께 그때 나에게 배운 것이다.

3주 전, 이번 순례를 위해 지리에 도착했을 때, 형편없이 변했
다고 했던 그의 체르둥 롯지는 예전 그대로였다. 그의 아내와 어
린 자녀, 처제를 비롯한 식구들 모두 환한 얼굴이었다. 태양열을
이용한 온수 샤워기도 여전히 잘 작동되고 있었으며 침구도 깨끗

하게 정돈되어있었다. 샤워를 하고 속옷을 갈아입은 김 선생은 힘이 나는지 돼지고기에 뚱바를 마시러 나가자고 했다. 체르둥 롯지에서의 저녁 식사는 7시에 맞춰놓고, 앙 다와도 볼일을 보게 자유시간을 주고, 김 선생과 둘이서 체르둥 롯지를 나섰다. 우리가 처음 찾아간 집은 3주 전에 돼지요리를 맛나게 먹은 그 집이었는데 그동안 무슨 일이 있었는지 아주 썰렁했다. 낯익은 종업원들은 하나도 안 보이고 낯선 사내 혼자 거만한 자세로 앉아있다가 '장사 안 한다'며 퉁명스러운 소리를 질렀다.

이 집 저 집 기웃거리다가 결국 타파팅에 갔다. 지난봄 순례 때 지리에서의 첫날 밤을 보낸 허름한 주막집이 타파팅인데, 앙 다와나 총누리를 비롯한 오컬둥가의 빠쁘레 마을 출신이 주로 드나드는 곳이다. 아니나 다를까, 빠쁘레 마을 출신인 앙 다와는 그곳에 있었다. 그런데 그 집에도 돼지고기가 없었다. 앙 다와가 타파팅 종업원을 푸줏간에 보냈으나 빈손으로 왔다. 이미 다 팔리고 없다고 했다. 우리는 말린 물소 고기 볶음을 안주로 뚱바를 마셨다. 안주는 시원치 않아도 뚱바는 진했다. 김 선생은 오랜만에 맛보는 그 진한 뚱바만으로도 행복하다며 흐뭇해했다.

타파팅에는 한 무리의 청년도 뚱바를 마시고 있었는데, 그들의 집은 네레바잘 인근이며 다음 날 아침 일찍 네레를 향해 떠난다고 했다. 그 말을 들으니 다시금 그들을 따라 산중으로 들어가고 싶은 생각이 스쳤다. 네레바잘의 맨 끝 주막집 큰딸 줄리 구릉을 아느냐고 물었더니, 한 청년이 사티(친구)라고 하며 반가워했다.

한 열흘 더 걸어서 배에 '王'자를 새기고 돌아간다는 당초 계획을 다시 꺼냈다. 앙 다와는 적극 찬성이었다. 트레킹 시즌이 끝나가는 판에 열흘치 일거리가 생기기 때문이었다. 그는 지리에서 비쿠 곰파를 거쳐 따또바니로 내려가는 열흘 코스가 있다며 우리가 지나갈 마을들의 이름을 불러댔다.

지리, 체르둥, 자야쿠, 롤바링, 라마갈, 참, 슈쿠티, 비쿠 곰파, 싱상, 다랑사, 칼딸, 바라비제…….

지명만 들어도 새삼스럽게 가슴이 뛰는 그 지역은 따망족이 많이 사는 지역이라고 했다. 그리고 지리에서 가기보다는 반대편에서 지리로 오는 것이 수월하다는 말도 했다. 내가 "어떻습니까?, 여기서 며칠 쉬었다가 한 열흘 더 걷는 거 말입니다" 했더니 김 선생은 자신이 없는 듯 희미하게 웃기만 했다. 무르팍이 안 좋다고 했던 김 선생의 말이 떠올랐다. 나 또한 무르팍이 안 좋아서 잠을 못 이룬 며칠 밤이 떠올랐다. 배에 '王'자가 새겨지는 것도 좋지만 무르팍을 버리면 걷지 못하니 무슨 낙으로 살겠나 싶었다. 우리는 더 걷기를 포기하고 앙 다와를 시켜서 다음 날 아침 카트만두로 나가는 버스표를 예매했다.

얼큰히 취해서 돌아와 저녁을 먹었다. 저녁을 먹기 전 김 선생은 그가 쓰던 스키 스틱 한 벌을 앙 다와에게 주었다. 나는 우모복을 주었다. 앙 다와는 몹시 기뻐했다. 산중에서는 저녁 먹기 무섭게 잠들었지만 내일이면 카트만두로 간다고 생각하니 왠지 허전했다. 식당에 그대로 앉아 맥주를 마시는 중에 여러 명의 나이 든 현지인들이 들어왔다. 그 뒤를 이어서 자동소총을 든 경찰들도 들어왔다. 그들은 테이블을 달리하고 앉았지만 같이 차를 주문했고 간간히 대화를 나누기도 했는데 두 그룹 사이가 왠지 어색했다. 그들이 간 다음에 비제이 지렐에게 물으니 나이든 현지인들은 마오이스트 공산당이었다. 경찰과 마오이스트가 같이 차를 마시는 일은 이전에 상상할 수 없는 일이었다. 나는 네팔 총선이 무난히 치러지기를, 그리하여 네팔 정치가 안정되기를 마음속으로 빌었다. 그래야만 카트만두의 우리 식당 '소풍'도 장사가 잘되고, 장사가 잘되어야 해마다 네팔 산중 마을을 순례할 수 있지 않겠는가?

이날 밤 꿈에 나는 어느 곰파를 방문했다. 높직한 바위 벼랑 위에 있는 곰파에서 어린 스님을 만났는데, 스님에게서 '비쿠 곰파'라는 말을 들었다. 잠에서 깨어 곰곰이 생각해 보니, 비쿠 곰파는 지리에서 따또바니로 가는 열흘 여정의 중간에 있다는 곰파였다.

공연한 꿈을 꾼 나머지 나는 또 그곳을 찾아떠날 생각에 잠기곤 한다.

'물 바토'를 걸으며

첫 순례 때 길동무 총누리 덕분에 '물 바토'라는 말을 알게 되었다. 총누리는 그 지역이 고향이기 때문에 길 잃을 염려가 없었다. 그러나 종종 지름길, 혹은 멀리 에도는 길로 나를 인도했다. 싫은 사람이 사는 마을은 피하고 싶어서 에돌고, 그날 중으로 친지가 사는 집에 가서 묵고 싶으면 지름길로 가는 식이었다. 그럴 때마다 총누리를 잡아세우고 내가 걷고 싶은 길을 설명해야 했다.

> – 내가 걷고 싶은 길은 마을에서 마을로 자연스럽게 이어
> 지는 길이다. 그런 길은 걷기도 편하지만, 많은 마을과
> 현지인을 만날 수 있다. 산길을 걷는 것도 좋지만 산촌
> 에 사는 사람을 두루 만나는 일이 더 좋다.

네팔말이 짧은 탓에 이렇게도 말해보고, 저렇게도 말해보고, 가끔 한숨도 쉬어가면서 누누이 설명한 끝에 총누리는 고개를 끄

덕이며 '풀 바토!'라고 나직하게 외쳤다. '풀 바토'라는 말을 그때 처음 들었음에도 총누리가 그제야 내 말을 이해했음을 직감했다.

　'바토'라고 발음하는 네팔말은 우리말의 '길'을 의미한다. 네팔의 히말라야 산중에서 길을 찾느라고 대화를 시도했던 현지인들로부터 듣게 된 이 단어는 듣자마자 귀에 쏙 들어왔다. 당장 절실한 단어기도 했지만, 내 나름의 삶을 살아보려고 고국을 떠나 타국 땅 낯선 길을 걷던 나에게는 유독 의미심장한 단어였던 것이다. 바토를 알게 되자마자 바토와 관련된 다른 말들도 금방 귀에 익었다. 차가 달리는 탄탄대로는 사닥 바토, 오래된 옛길은 푸라노 바토, 샛길은 사노 바토, 지름길은 치토 바토, 에둘러가는 먼 길은 라모 바토, 오르막길은 우깔로 바토, 내리막길은 오랄로 바토, 평탄한 길은 뗄소 바토다. 가장 나중에 총누리의 입을 통해 알게 된 '풀 바토'는 결국 이는 마을과 마을을 잇는 본줄기에 해당하는 산길이다.

현지인들에게 물 바토는 일상이다. 학교 가는 길이며, 장에 가는 길이다. 병원 가는 길이며 면사무소 가는 길이다. 또한 맞선 보러가는 길이며 문상 가는 길이다. 카트만두로 혹은 이주 노동자로 돈 벌러 떠난 식구가 돌아오는 길이기도 하다. 그리고 장꾼들이나 짐꾼들에게는 돈을 벌기 위해 걷는 생업의 길이다.

'다끄레(직업적인 짐꾼)'가 아니더라도 산촌 사람들은 어릴 때부터 늙은이가 되도록 '도꼬'라고 부르는 대나무 망태기를 지고 걷는다. 산비탈 밭고랑에 거름을 져 날라야 하고, 옥수나 감자를 팔기 위해 장에 가야 한다. 때로는 환자를 도꼬 위에 앉혀서 병원을 찾아 먼 길을 가기도 한다. 짐 진 사람의 발길이 끊이지 않으며, 남녀노소가 다 같이 걷는 길이다. 이정표 구실을 톡톡히 하는 불탑도 서있고, 먼 길 가는 나그네가 하룻밤 묵어가며 세상 소식을 듣는 주막집이 있고, 등짐을 벗어놓고 쉬면서 샘물을 마실 수 있는 쉼터가 있고, 오다가다 만나는 길동무가 있다. 그래서 길을 잃거나 배를 곯으며 고생할 염려가 없다. 가끔 비와 폭설도 만났지만, 우리는 물 바토를 걸었기에 위험에 빠지는 일 없이 피케 기슭을 한 바퀴 돌 수 있었다. 우리는 산촌 사람과 더불어 앞서거니 뒤서거니 걸었고, 쉬는 동안 담배를 나누어 피웠다. 주막의 화덕에 둘러앉아 감자를 찌고, 길 떠나는 아침에는 한솥에 끓인 옥수수죽을 먹었다.

개 이빨처럼 하얀 설산이 눈앞에 나타나는 개활지나 향기로운 꽃나무 랄리구라스 숲 사이로 난 아기자기한 오솔길을 만나면 노래라도 부르고 싶었다. 그러나 마냥 편안한 길도 아니었다. 물 바토라도 산길인 이상 오르막길이 있고 내리막길이 있으며, 조심조심 깊은 계곡에 내려서면 아슬아슬한 출렁다리로 이어졌다가 다시 숨찬 비탈이 치솟았다. 오를 때는 숨이 차고, 내릴 때는 무르팍이 아팠다. 오를 때보다 내릴 때 땀이 더 났다. 균형을 잃지 않으려고 더 많이 애를 쓰기 때문이다. 피케의 북쪽 능선에 난 고개 람주라라에는 폭설로 눈이 허리까지 빠지도록 쌓여있었다. 엄청난 짐을 진 짐꾼들이 눈을 헤치며 조심조심 걷고 있었다. 그들이 앞서 눈길을 다져준 덕분에 눈에 빠지지 않고 고개를 넘을 수 있었는데, 고개를 내려오니 꽃피는 봄날이었다. 네팔의 나라꽃 랄리구라스가 새빨갛게 핀 화창한 길을 걸으며 나는 꿈을 꾸듯 우리가 걸어온 길을 더듬어보았다. 그리고 내 삶이 걸어온 길도 새삼스레 더듬어보았다. 탄탄대로를 버리고 희미한 옛길을 걷는, 그것도 지름길이 아니라 멀리멀리 에도는 길을 걸어온 내 삶이 남의 고집처럼 생경하게 느껴졌다. 그러나 내 상념은 거기서 더 나아가지 못하고 그쳤다.

그로부터 7개월 후, 늦가을에 피케 기슭을 다시 걷게 된 것도 그 미진함 때문이었다. 줄기를 잡았으면 당겨야 탐스런 것들이 주렁주렁 달려나오는 법, 내 삶을 후련하게 해줄 무언가를 기대하며 걸었다. 폭설로 포기할 수밖에 없었던 피케의 정상에 오르고, 장 서는 마을을 찾아 더 깊숙이 들어가고, 명절을 맞은 주막집 식구들과 친척처럼 어울리면서 걸은 길이 '물 바토'였다.

여전히 수많은 사람들이 무거운 짐을 지고 걷는 길, 나 또한 무거운 배낭을 짊어지고 터벅터벅 걸었다. 그러나 아무리 걸어도 당장 내 삶을 후련하게 해줄 무엇은 얻지 못했다. 그저 잠시 무거운 배낭을 내려놓고 땀을 들일 때가 가장 후련한 순간이었다.

꽃향기, 두엄 냄새 서로 섞인들

길동무 세르파의 고향, 피케를 걷다

1판 1쇄 찍음 2009년 12월 15일
1판 1쇄 펴냄 2009년 12월 20일

지은이 김홍성

펴낸이 송영만
펴낸곳 효형출판
주소 우413-756 경기도 파주시 교하읍 문발리 파주출판도시 532-2
전화 031 955 7600
팩스 031 955 7610
웹사이트 www.hyohyung.co.kr
이메일 info@hyohyung.co.kr
등록 1994년 9월 16일 제406-2003-031호

ISBN 978-89-5872-087-4 03810

값 13,500원